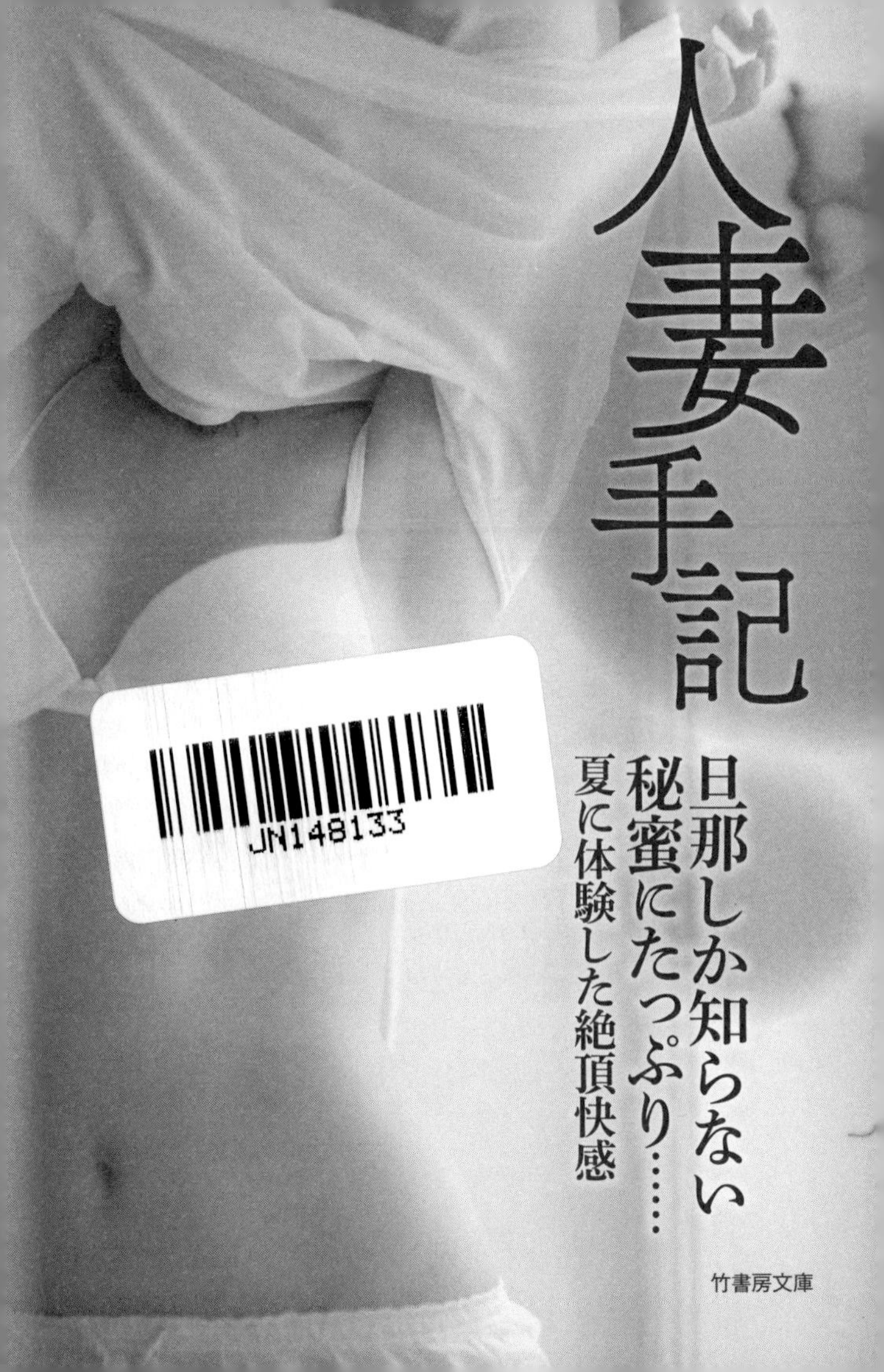
人妻手記
旦那しか知らない
秘蜜にたっぷり……
夏に体験した絶頂快感
竹書房文庫

第一章　アバンチュールに溺れて

若くたくましい甥っ子の肉体を心ゆくまで味わって …… 44
投稿者 新村明日実（仮名）／40歳／パート

お役所内トイレでの変態プレイにハマってしまった私 …… 51
投稿者 向井玲子（仮名）／27歳／公務員

亡き妹の棺桶の前でその夫と愛し交わった禁断の通夜 …… 58
投稿者 立浪かずえ（仮名）／32歳／専業主婦

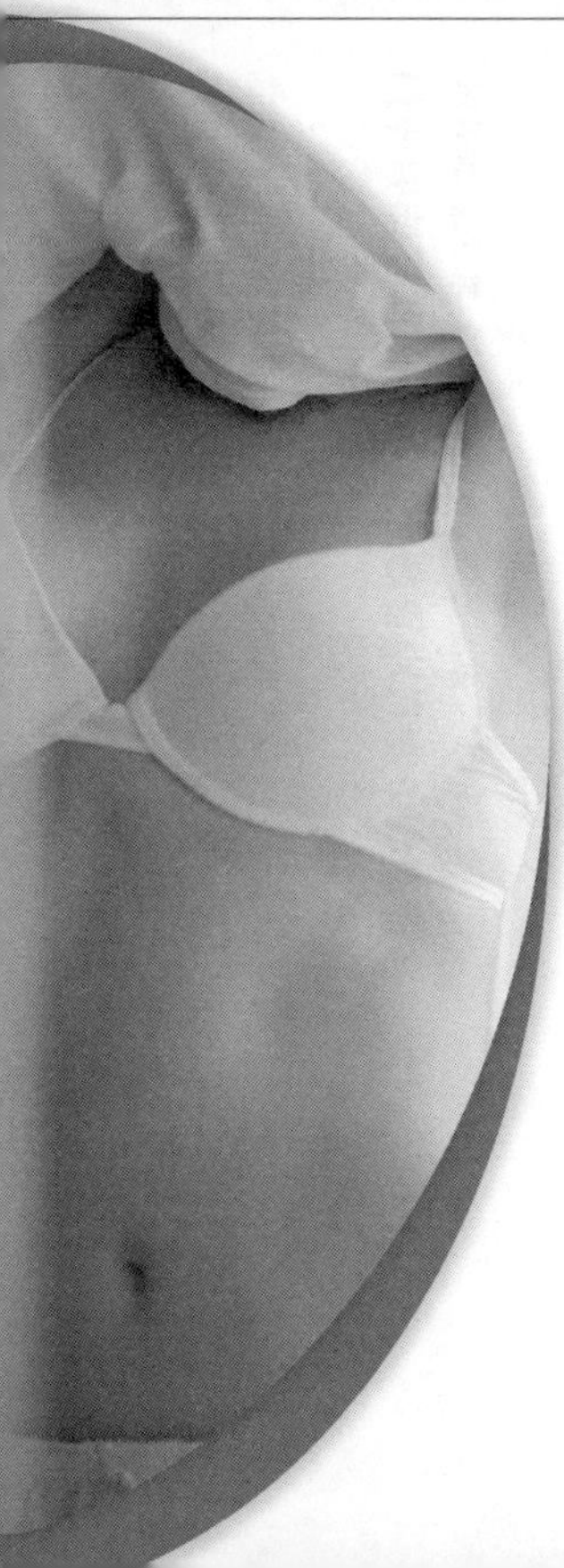

第二章
アバンチュールに蕩けて

夫への貞操も吹き飛んだ一夜限りの不倫エクスタシー……66
投稿者 浜本美樹（仮名）／24歳／自営業

二十年近い時を経た念願の肉交に身も心も蕩け乱れて……73
投稿者 増村純（仮名）／34歳／専業主婦

ベテランマッサージ師の悶絶テクに失神してしまった私……79
投稿者 草薙塔子（仮名）／27歳／OL

万引き発覚からの忘れられない幸福エクスタシー体験……85
投稿者 柳はるか（仮名）／37歳／パート

息子の家庭教師に犯され悶えた昼下がりの悦楽……91
投稿者 北村沙弓（仮名）／35歳／専業主婦

土砂降りのビル外階段で求め合うまさかの非常カイカン……98
投稿者 市井恵美（仮名）／28歳／ＯＬ

病院内で繰り広げられる禁断の被虐エクスタシー……105
投稿者 日浦かなえ（仮名）／27歳／医師

嫁姑の確執を超えた魅惑のレズビアン・エクスタシー……113
投稿者 北川舞子（仮名）／30歳／専業主婦

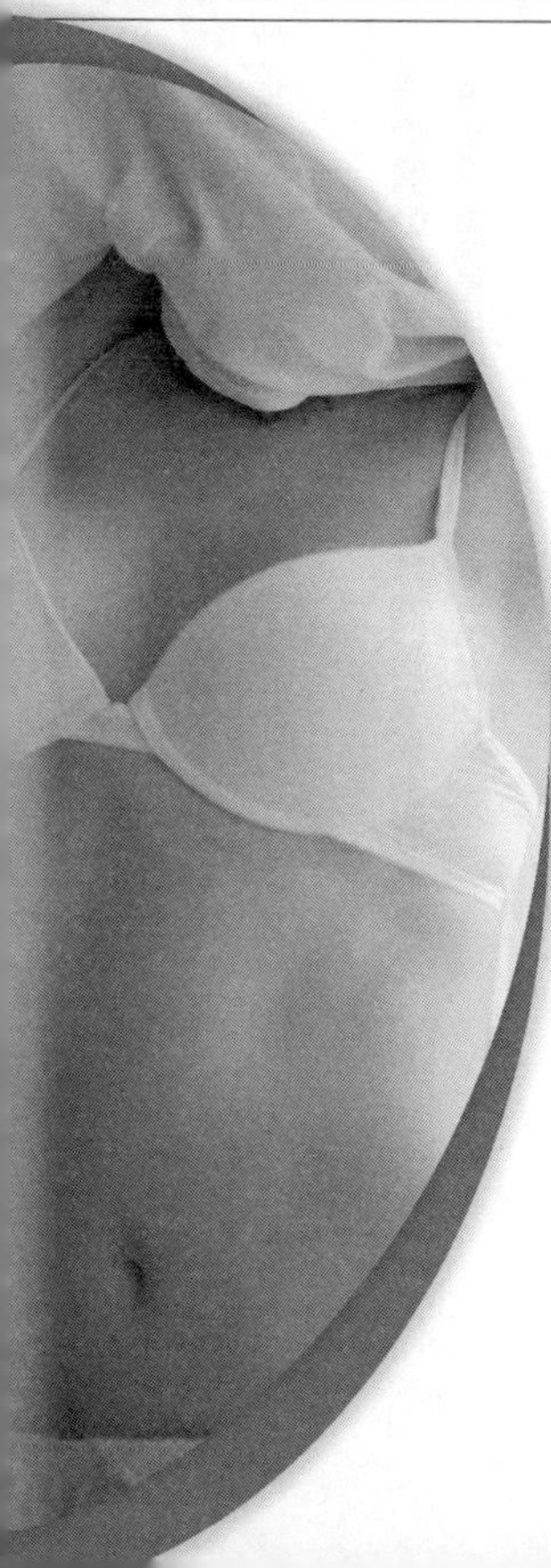

第三章

アバンチュールに乱れて

ダブル痴漢の餌食となった通勤電車内悶絶体験！ …… 120
投稿者 境ゆかこ（仮名）／26歳／OL

夫の罪の代償に上司に肉体関係を強要された私 …… 125
投稿者 島岡里佳子（仮名）／34歳／専業主婦

家賃滞納分の支払いはGカップの肉体で！ …… 132
投稿者 古市真由美（仮名）／25歳／パート

失神！衝撃の巨根SEXエクスタシー …… 138
投稿者 吉沢あすみ（仮名）／31歳／パート

魅惑の個人レッスンで蕩けた真夜中のプール …… 145
投稿者 佐藤晴美（仮名）／37歳／パート

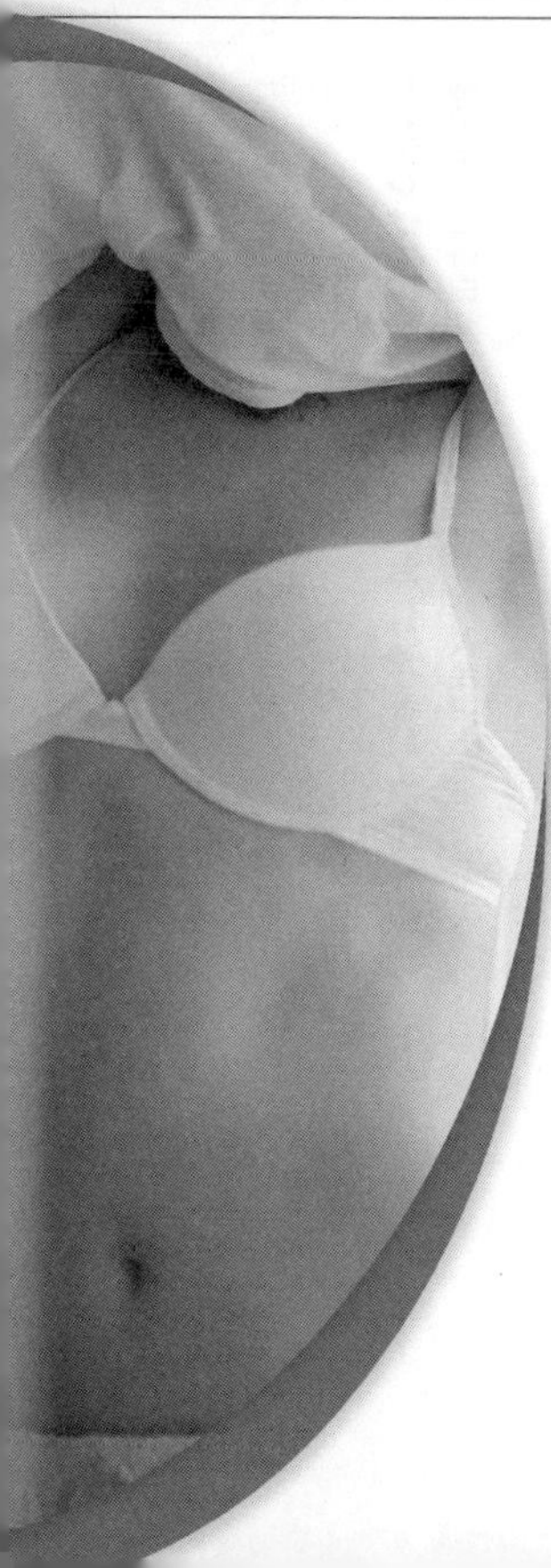

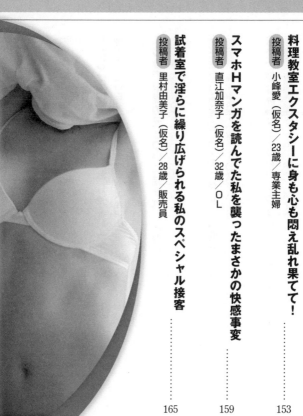

第四章　アバンチュールに悶えて

元カレとの羞恥プレイ不倫エクスタシーに燃えて！ …… 205
投稿者 湯浅倫子（仮名）／24歳／専業主婦

都会から来たお客さんの誘惑に淫らに体を開いて …… 211
投稿者 三田村綾（仮名）／33歳／自営業

舅の腕の中で淫らに悶え喘いだ禁断の昼下がり …… 218
投稿者 森川夕貴（仮名）／31歳／パート

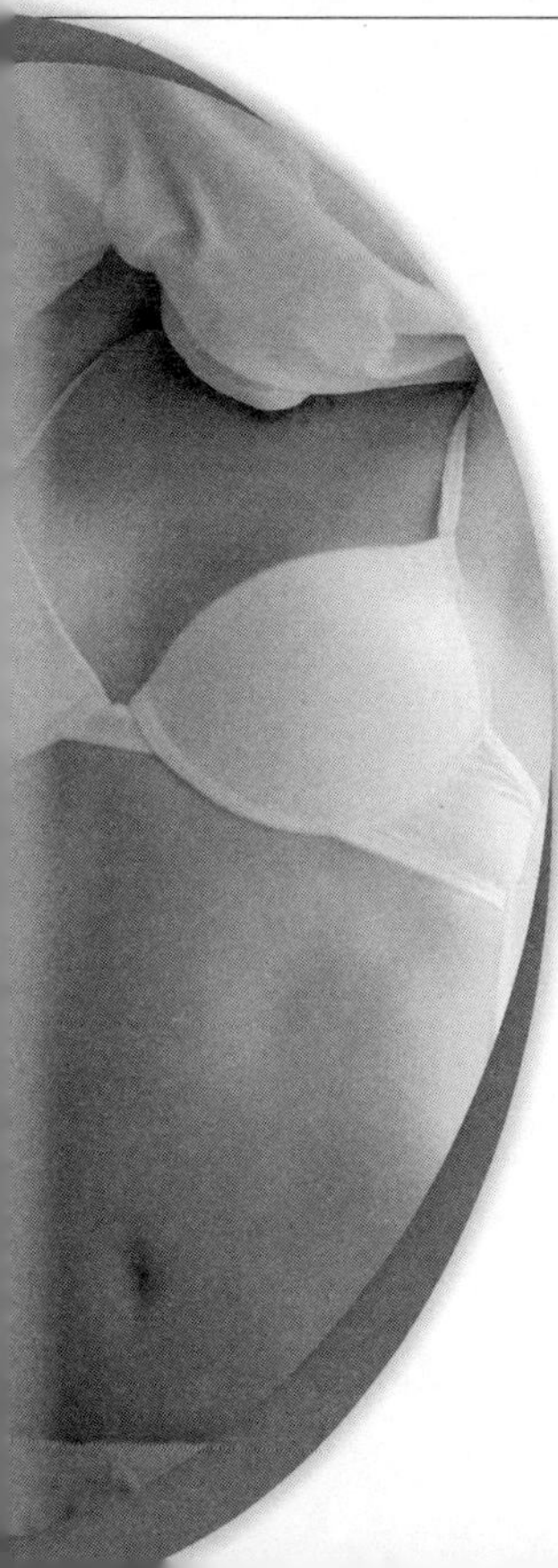

第一章・アバンチュールに溺れて

■彼の硬くて熱いイチモツが、私の肉唇をこじ開け肉壺をうがち、肉洞にぬめり込み……

年に一回の主婦三人アバンチュール温泉旅行の快感

投稿者 吉村茜（仮名）／31歳／専業主婦

高校時代からの仲良し主婦三人組で、年に一回の恒例行事となっている、一泊二日の温泉旅行に行ったときのことです。

「いや〜、今回はなんか知らないけどウチのダンナ、機嫌が悪くて、この旅行、来れないかと思っちゃったわ」

「んんっ……？　ひょっとして、『仲良し主婦三人組のほのぼの骨休め温泉旅行』の正体が実は、『欲求不満モンモン妻たちのドスケベ男漁り温泉旅行』だってことがバレちゃったとか……？」

「え〜っ、まさか〜っ！」

温泉地へ向かう行きの電車の中で、そんなあられもない会話を交わす私たち。

そう、これって本当のところ、そういう目的のイベントなんです。

私たち三人とも、どういうめぐり合わせか揃って結構年上のダンナと結婚しちゃったものだから、かれこれ四年前くらいからでしょうか、皆、夫に満足させてもらえない欲求不満を抱えるようになっちゃって……そんな時、一番ヤリマンタイプの美和が言いだして始まったというわけです。

「大丈夫、大丈夫！　バレてないって。年に一回のお楽しみなんだから、アソコが腫れ上がるほど、とことん楽しみましょうよ！」

私はそう言って、皆のドスケベ士気を鼓舞しました。

そんなヘンな疑心暗鬼にとらわれて、せっかくのアバンチュール旅行が委縮したものになっちゃうなんて、まっぴらごめんですもの。

「うん、そうよね！」

「よ〜し、ヤッてヤッて、ヤリまくってやる〜〜〜！」

そうやって気を取り直した私たちが目的地の駅に降り立ったのは、午後三時頃でした。まずは予約してあった温泉宿にチェックインしたあと、何はなくとも、三人揃って温泉に浸かりに行きました。

そこはとても広くて気持ちのいい浴場でした。

「ちょっと茜〜、あんた相変わらずのナイスバディねぇ！　そんなプリンプリンのオッパイが、ダンナからほとんど舐めも揉まれもされてないなんて、ほんともったいない話よね～」

いや、まったく。自分でもそう思います。どれほど毎日、この満たされない豊満な体を自分で慰めて、悶々を抑えていることか。

でも、そう言う由香も、バランスのとれたとってもいいプロポーションを誇ってて、もし私が男だったらふるいつきたくなるような、いい女です。

ヤリマンの美和も言わずもがな。磨き上げられたいいカラダをしてます。

そんな三人で背中を流し合ったりしながら温泉を堪能し、一時間ほどで上がってから、皆で浴衣に着替えて、夕飯をとるために大食堂へと向かいました。

さあ、ここが勝負どころです。

この宿は、こうやって宿泊客全員が一つところに集まって食事をとるというスタイルで、言い方を変えればこここそ出会いの舞台なのです。

実は、去年、一昨年とここに投宿し、その二回とも〝あたり〟の男性たちに出会うことができ、私たち三人とも大満足の夜を味わうことができたんです。

「ねえねえ、あそこにいる三人組、いい感じだと思わない？」

「う～ん……あの真ん中のデブがちょっと……ないかなあ～」

「そっかあ……あ、じゃあ、あっちの三人はどう？」

「おお、いいじゃん、いいじゃん！　年もあたしらと近そうだし、なかなかのイケメンぞろい……うん、決まりだね！」

美味しい海の幸を食べながら、かなりの量のビールを飲んでできあがった私たちは、ターゲットに定めた男性三人のいるテーブルに近づき、

「あの～、よかったらご一緒しませんか～？」

と声をかけ、それを受けた向こうも、まんざらでもなさそうな感じでお互いに顔を見合わせ、

「ああ、もちろんいいですよ！　嬉しいなあ、こんな美人三人組とご一緒できるなんて。遠慮なく追加の料理、頼んじゃってくださいねー」

と応えてくれて、話はあっという間にまとまりました。彼らは同じ会社に勤める同僚同士で、とある研修のためにこちらに来ているということでした。

それからおよそ二時間、飲んで食べてしゃべった私たち。

そうするうちに、自然とカップルが決まっていきました。

私は三人の中で一番ガタイのいい、洋介さん（三十三歳）と隣り同士、体を密着させながら座り、今にもキスせんばかりの勢いで顔を近づけて話し……もう体内のエロ・テンションは上がりっぱなし状態！

それは、他の二組も同じようで、もう早くエッチしたくてたまらないといわんばかりに顔を赤く上気させ、やたら目をギラつかせている有様でした。

「じゃあ、僕らはこの辺で」

「うん、じゃあ、あたしたちも……」

「グッドラック！」

十時過ぎごろ、三カップルずつに分かれた私たちは、それぞれ宿を出て、夜の温泉街へと出ていきました。

そして、私と洋介さんはすぐさま、一番近場にあったラブホにチェックインし、部屋に入るや否や、お互いの浴衣を引きむしるようにして脱がし合いながら、ベッドに転がり倒れ込んでいきました。

「はぁはぁはぁ、あ、茜さんっ……！」

「ああん、洋介さぁん……！」

お互いの名を呼び合いながら、私たちはそれぞれの唇にキスして、吸い合い、大量の唾液をダラダラと溢れさせながら、むさぼり合いました。

そして、のしかかってきた洋介さんのたくましく膨らんだ胸筋に、ぐにゃりと乳房を押しつぶされるように圧迫されると、言いようもなく甘い息苦しさを覚え、体の奥底からとめどなく快楽物質が湧き出してくるような感覚に襲われました。

「あふぅ、あん、あん……はぁっ……」

思わず高らかに喘ぎ、両脚を彼のがっしりとした腰に巻き付けると、ギュウギュウと締め上げ、自らの股間を擦り付けるようにせり上げてしまいます。

すると、彼のたくましいモノもそれに応えるかのようにギンギンに硬く勃起し、私もまたその熱い感触に応えるべく、アソコから淫らな粘液を溢れ流させ……そんなイヤラシイ相乗効果がどんどん進んでいって、とうとう二人とも限界まで昂ぶってしまいました。

「ああ、洋介さん、あたし、もう……っ！」

「茜さん、僕ももう……入れたくてたまらないっ……！」

「はぁぁっ、き、きてぇっ……！」

私のその声に応え、彼の硬くて熱いイチモツが、ズブッ、ヌプ、ヌブヌブヌブッ……と、私の肉唇をこじ開け、肉壺をうがち、肉洞にぬめり込み、淫らに勢いよくピストン運動を繰り広げました。

「あひっ、ひぃ、んはぁぁっ……」

「あうう、茜さんの中、とっても熱くて……狭いっ！」

顔から汗をまき散らせながら、洋介さんはイチモツを私の身中奥深くまで叩きつけ、貫いて……私はそのあまりにも心地よい衝撃に身悶え、全身を打ち震わせながら、悦楽の頂点へと飛び、立ち昇っていきました。

そして、

「ああ、茜さん……僕、もう……」

「ああ、きてっ……私ももうイキそうよぉ、き、きてぇっ……！」

彼の大量の熱いほとばしりを胎内に受け止めながら、私は久しぶりのオーガズムの奔流に呑み込まれていったのです。

ダ・イ・マ・ン・ゾ・ク……！

その夜中、私と美和と由香の三人は、それぞれバラバラに宿へと帰ってきました。

皆それぞれ、快感の余韻に頬を上気させながら……。

私たちのこの淫らな年中行事、やっぱり当分やめられそうにありません。

■二人とも完全な全裸になると、ケダモノのように息を荒げダラダラと唾液を滴らせ……

若い大学生アルバイトとの一度限りの絶頂体験

投稿者　赤沢るみ（仮名）／27歳／パート

地元のスーパーでパート勤めしてます。担当は惣菜売り場です。

勤め始めてそろそろ一年くらいになるんだけど、何がつまんないって、周りに若い男が全然いないってこと。いやまあ、夫とはそれなりにうまくいっていて、月に二〜三回はエッチがあるから、セックスレスとか、特別欲求不満っていうわけでもないんだけど、そこはそれ、ちょっとした刺激っていつでも欲しいものじゃないですかあ？

ところがついに先週、待望のニューカマーがあったんです！

新しいアルバイトの男の子が入ってきて、名前は翔太くんといって大学三年生の二十一歳。なかなかのイケメンで、どことなく今大人気の若手俳優、竹内○真似かも。

最初、こんなイケてる男子がなんでこんな地味で大して時給もよくない職場を選んだのか、ちょっと不思議だったけど、少し打ち解けてきたあと、その意外な理由を彼自身の口から聞いて、びっくりしてしまいました。

「いや……前からここのスーパーはお客としてよく利用してたんだけど、その……働いてる女の人たちがとっても魅力的で……こんな人たちに囲まれて働きたいなって思って……あ、こんな理由、引いちゃいますか？」

ううん、引かない、引かない！

私は内心のドキドキを抑えながら、思いきって聞いてみました。

「あの、それって……その魅力的な女の人たちの中に、私、入ってるのかなあ？」

すると彼は、

「え？　あ、はい……入ってるっていうか……オレの中で一番かも」

と答え、私は一発でハートを射抜かれてしまいました。

私、これまであまり年下にもてたことがなかったから、ほんと、嬉しい驚きで、ますます心臓がバクバクしてしまいました。

これがきっかけで、私と翔太くんは、仕事をしながらお互いのカラダに触れ合ったり、いじり合ったりという行為を繰り返すようになりました。

惣菜の調理をしている私の背後を通り過ぎざま、彼がお尻を撫で回していったり。

出来上がった惣菜を運ぶのに両手がふさがっている彼の股間を、私がさりげなくまさぐったり。

もちろん、周囲の皆にばれないように細心の注意を払いながら……それが余計にまたスリリングで、それはもう興奮もので、楽しい毎日でした。

でも、何事も慣れてくると、もっともっとと上を求め、さらにエスカレートしていってしまうのって世の常ですよね。

私は……そしてもちろん彼のほうも、そんな寸止めエッチだけでは、もうガマンできなくなってきちゃったんです。

「あの、るみさん……よかったら今度、オレのアパートに遊びに来ませんか？　オレ、こう見えても料理上手いんで、手作りごちそうしますよ」

「ほんとぉ？　お言葉に甘えて行っちゃおうかなぁ……」

なので、ついに彼がそう言って私を誘ってきた時、もちろん一発で、そこに〝いよいよ本番Hフラグ〟が立っていることはわかりました。

私はいったん持ち帰り、夫が翌週、他県へ一泊二日で出張に行くことを確認した後、翔太くんにそのことを告げ、その日程をフィックスしたんです。

そして当日。

シフトを合わせて同時に勤務を終えた私と彼は、周囲の皆に見られないように注意を払いながら、いそいそと彼のアパートへと向かいました。十分ほど歩いて着き、玄

関ドアを開けて室内に入った時、

「さて、何を作りましょうか？　何が食べたい？」

一応、そう彼は聞いてきましたが、私は、

「ああん、翔太くん以外、いらない！　早く、早く抱いて！　してっ！」

と呻くようにして言い、彼の首っ玉に抱き着いていました。

「る、るみさん……ああ、オレもしたくてたまらなかった……！」

いわば阿吽《あうん》の呼吸です。

私と彼の欲望波長は完全にシンクロし、びっくりするくらい高いテンションのまま、バタバタと靴を脱ぎ捨てて、二人もつれ、からみ合うようにしてキッチンを通り過ぎ、奥の六畳間へと、そこにある彼のベッドへと向かっていきました。

抱き合ったまま、ボフンッとベッド布団の上に倒れ込むと、お互いにしゃにむに双方の服を脱がせ、剝ぎ合いました。

そして二人とも完全な全裸になると、ケダモノのように息を荒げ、ダラダラと唾液を滴らせながらむしゃぶりつき合いました。

「あ、ああ……はうぅ、んぐぅ……翔太くぅん！」

「ううっ、んはっ、はぐぅ、るみさん……！」

私の胸をしつこく舐めしゃぶろうとする彼を押しとどめ、私は体勢を入れ替えて、二人シックスナインの格好になりました。そして、もうビンビンに勃起している彼のペニスにしゃぶりつきました。赤く大きく膨らんだ亀頭、その先端の鈴口はパックリと口を開け、ジンワリと透明な汁を滲み出させ、私はそれを啜り上げながら、全体を咥え、ねぶり回しました。

「あっ、はっ、はぁぁ……る、るみさん、す、すごいぃ……！」

彼は悩ましげにそう喘ぎながら、自分も負けじと私の股間に顔を埋め、肉びらをむさぼってきました。

クリトリスを吸いしゃぶり倒され、肉ひだの中に突っ込んだ舌で中をこれでもかと舐め回されて……私は自分でもびっくりするくらいに大量の愛液を噴き出させながら、その絶え間なく襲いかかってくる快感の波によがり狂ってしまいました。

「あひぃ、ひぃ、んはっ……いいっ、あうぅ……」

「はぁっ、る、るみさん、オレ、もう……限界です……くぅっ……」

「ああ、あたし、あたしもっ……いいわ、きて……翔太くんのオチ○ポ、早くあたしのオマ○コの奥まで突っ込んでぇっ！」

「る、るみさぁん……！」

次の瞬間、熱い衝撃が私を貫き、激しい快感の大波が押し寄せてきました。

彼のピストンは見る見るその勢いとスピードを増していき、私はその攻めに翻弄されながら、上へ上へ、絶頂へと向かって突き上げられていったんです。

「あっ、もうイク……イ……あああ～～～～～っ！」

「る、るみさん、オレも……はぁ～～っ！」

それはもう最高のエクスタシーでした。

結局、その後ほどなくして翔太くんは、家庭の事情とかでせっかくの大学を中退し、故郷へと戻り、私たちの関係はこの一回限りで終わったのです。

私の人生において、忘れがたいアバンチュールと言ってもいいかもしれませんね。

■私のもっちりとした乳房が、Ｓ社長の固い肉の棒にからみつき、うごめいて……

私は社長秘書という名の肉の性具！

投稿者　矢島美玲（仮名）／29歳／ＯＬ

そんなに大きな会社じゃないけど、社長秘書やってます。最初はバリキャリ（死語？）やるぞーって張り切って入社したんだけど、早々に社長に見込まれてお傍に置かれてしまいました。

まあ、自分で言うのもなんだけど、顔はまあまあ可愛いし、カラダもそこそこイイ線いってるかなって思ってるんで、社長のお眼鏡にかなったのも、そういうことかな、くらいに思ってました。

でも、実際はもっと、思った以上にシビアっていうか……オトナの世界って厳しいなってていうか……。

私は完全に、社長にとって〝ビジネスの道具〟として、秘書抜擢されてたんです。

その初めてのお役目の日を、今でも忘れられません。

社用車で会社から二十分ばかり走ったところにある、ピカピカのタワーマンションに連れていかれ、社長と二人、エレベーターで最上階へ。

ひと際広い豪華な部屋に通され、そこで待っていたのは六十歳くらの穏やかそうな初老の紳士でした。

私はすでにここに来るまでの道すがら、今日の自分のミッションについて社長から一通りの説明を受け、ある程度の覚悟ができてはいたので、その相手の顔を見た時、正直内心ホッとしました。

ああ、こんな穏やかそうな人なら、そんな無茶はされないだろう、って。

なにしろ、私は会社同士の取引をうまく取りまとめるための道具……いや、肉の性具として、相手側の社長に供されるためだけの存在。問答無用で相手の意のままに抱かれるしかないわけで……どんな無茶ぶりをされても従わざるを得ないんです。

なので、ああ、この人なら滅多なことはなさそうだなって思って。

でも、それは甘かったんです。

「ほうほう、こりゃなかなかの上玉じゃないか。私好みのいいメス犬だ」

相手のS社長は、私の全身に舐めるように視線を這わせながらそう言い、

「じゃあ、君はもう下がってていいよ。済んだらまた呼ぶから」

「はい、S社長。存分にお楽しみください」

と、うちの社長を完全に上から目線であしらい、部屋から追い出してしまったんです。その上得意っぷりが否が応でも実感できます。こりゃ、絶対に下手なことして怒らせたりできないぞって。

「さあ、早速脱いでもらおうか」

うちの社長が部屋から出ていくと、S社長は豪華なアームチェアにふんぞり返るようにして座りながら、私にそう命じました。

「は、はい……」

私はおどおどしながら、言われたとおり服を脱ぎ始めました。

そしてとうとうブラとパンティだけという格好になったんだけど、さすがにそこで躊躇しちゃって。恥ずかしさのあまり、動きが固まってしまいました。すると、

「おら、何やってるんだ！　もったいぶってるつもりか？　このメス犬が！　とっとと脱いで俺の前にひざまずくんだよ、ほらほら！」

穏やかな風貌とは裏腹の横暴な口調で怒鳴りちらされ、私は思わず怖くて涙ぐんでしまいました。でも当然、拒否するという選択肢はありません。

私は必死の思いでブラとパンティを脱ぎ、言われたとおり、座ったS社長の前にひざまずきました。

「ほら、しゃぶって」

「え……で、でも、私、そういうのしたことなくって……」

S社長の次の命令に、実はそれまであまり男性経験の多くなかった私は、正直にそう答えたんですけど、それが逆に相手の加虐心に火をつけてしまったようでした。

「ふ～ん、ほんとか？　こんなスキモノそうな顔しておいてカマトトぶったこと言いやがって……じゃあ、みっちり教えてやるよ、おらっ！」

そう言うと、S社長は自分のイチモツをズボンから引っ張り出し、髪を摑んで引き寄せた私の口元にグリグリと押し当ててきました。それは最初、小さく柔らかかったんだけど、だんだんと硬く大きくなって、私の口内を乱暴に蹂躙してきました。私なりに気持ちよくなってもらおうと必死で舌をからませようとしましたが、向こうは力任せにグイグイ喉奥のほうに押し込んできて、それはもう、つらくて苦しくて……。

「ぐふっ、んぐ、うえぇぇっ……！」

思わずえづいてしまった私。

でも、S社長はそこで手加減するどころか、まるで狂気をはらんだような笑みを浮かべながら、さらに激しく押し込んでくるんです。

「ほらほら、つらいか、苦しいか！　もっともっと喘げ、泣けっ！」

今やそのイチモツは怖いくらいに勃起していて、ひたすら喉奥を犯され続けるしかない私は、開けたままの口中から、だらだらと大量の唾液を溢れ出させ、顎を伝って滴り落ちたそれは、鎖骨から乳房に渡ってをヌラヌラと濡らし照からせていきました。

「あぐぅ、うう……んんぐぅっ……」

「はぁ、はぁ、はぁ……よしよし、みっともなくて、とてもいい顔だ。さあ、それじゃあ次は、そのだらだらに濡れた胸で、チ〇ポ、しごいてもらおうか。ほら、パイズリしろって言ってるんだよ！　さあ、さあ！」

「は、はいぃ……」

ようやく苦しい口内蹂躙から解放されたと思いきや、今度はそう命じられ、私は自分の両の乳房を支え持つと、それでイチモツを挟み込み、しごき始めました。大量の私の唾液に加えて、S社長が先端から分泌させたカウパー液が混じり込み、えも言われぬ色味と粘度になった淫らな感触の中、グチュ、ヌチュ、ネチャ、ジュブ、ズチュ、ニュパァ……と卑猥な音をまき散らしながら、私のもっちりとした乳房が固い肉の棒にからみつき、うごめいて……。

「くはあぁっ、た、たまらん……！」

S社長がイチモツをヒクヒクとわななかせながら、私をドンと押しやってきて、思わず尻もちをついてしまいました。

「よ～し、それじゃあそろそろ、そのドロドロに乱れたマ○コに、俺のチ○ポ、突っ込んでやるよ！」

言われて初めて気がつきました。

私ってばここまで、つらい、苦しい、いやだって思ってただけのはずなのに、ふと見るとアソコはグチョグチョに濡れて、あまりに愛液量が多いゆえか、股間が泡立って見えるくらいだったんです。

これには自分でびっくりしてしまいました。

頭とは裏腹に、カラダは興奮し、反応してしまっていたんですね。

S社長も服を脱いで全裸になり、絨毯の上に尻もちをついたままの私に覆いかぶさり、そのまま押し倒してきました。

そして、ぱっくりと大きく開かせられた股間の中心にズブズブとイチモツが突き入れられてきて……！

「あっ、あっ、ああ……はぁああっ！」

グイグイと抜き差しされる肉棒の力強い感触に翻弄されるままに、私はあられもなく喜悦の喘ぎをあげてしまうのでした。

「ひっ、ひぃ、ひあ……ああ、いい、いいのぉっ！」

「うっ、うう……んぐっ……！」

そしてとうとうS社長もクライマックスに達し、私はイキ果てながら、その吐き出された白い体液を体奥でゴクゴクと飲み込んでいったんです。

その後、私はこのようなミッションを幾度もこなすこととなり、結果、会社の業績アップに大きく貢献しつつ、自分も同じ年齢のＯＬとは比べものにならない、いいお給料をもらえているというわけです。

あ、ちなみに三年前に結婚して今は人妻ＯＬなんですが、変わらず大活躍中です。

趣味と実益っていうか……気持ちいい上に生活レベルも上がる、このお仕事スタイル、当分やめられそうにありません。

あなた、許してね！

■乳首チュウチュウ吸われて、アソコもまさぐられオマ○コの中に指を入れられて……

社宅内に妖しくうごめく女同士の淫らな快楽模様

投稿者 羽佐間久美（仮名）／24歳／専業主婦

新婚早々、ダンナの地方支社赴任が決まっちゃって。

さすがに単身赴任はないよね。

向こうにはちゃんと社宅もあるっていうんで、アタシも当然ついていくことに。

でも、いざ行ってみて、驚いちゃった。

ダンナの会社は一応街中にあるんだけど、マンション一棟をまるまる借り上げた社宅は、そこから車で三十分はかかるド田舎にあるんだもの！

ほんと、周りには大自然と、ポツポツと数軒の民家があるだけで、コンビニの一軒もありゃしない有様。

これじゃあパートにさえ出られなくて、暇を持て余して死んじゃうよおっ！

と思ってたアタシだけど、そこへ思わぬお誘いが。

なんでもこの社宅、フロアごとに班編成のようになってるらしくって、その皆でやる草むしりや掃除なんかの自治会的活動の他に、月イチぐらいで親睦会みたいなことをやってるんだって。で、それを今回、新入りのアタシの歓迎会として催してくれるって。

まあ、正直ちょっとめんどくさかったんだけど、ダンナのためにもこういうつきあいは大切にしなくっちゃね、と、喜んでお呼ばれすることに。

ある金曜の昼下がり、指定されて行ったのは部長夫人の金井さん（四十五歳）の部屋で、他に五人の同じフロアの奥さんがたが待ち受けてた。

すると、金井さんの音頭でアタシの歓迎会がスタートし、誰かが持ってきたワインが振る舞われ、いやもう、みんな、飲むわ飲むわ！

実はアタシ、こう見えてあんまり飲めるほうじゃなくて……でも、立場上、そうも言ってられないじゃない？　次々と注がれるままに何杯も飲んじゃって。で、あっという間に酔っぱらって、わけわかんなくなっちゃった。

そしたらね、なんだかまわりの様子がヘンなの。

奥さんがたが自分で服を脱ぎ始めちゃって……あっという間にみんな、全裸になっちゃったの！

え、え、何が起こってるの、これ⁉

すっかり酔いが回ってグルグルの頭で必死に考えるアタシだったけど、当然、事情がわかるわけもなく……と、気がつくと、ソファに座った両脇左右を二人の奥さんに挟まれる格好になってて。

二人とも、ウフフ……なんて笑いながら、アタシも一生懸命愛想笑いで応えようとしたんだけど、なんと二人してアタシの服を脱がせようとしてくるもんだから、それどころじゃなくなっちゃった！

や、やめてくださいって言うんだけど、ほら、もうさんざん酔っぱらって頭クラクラ、体もグデングデンで力が入らないもんだから、全然抵抗できないわけ。

あっという間に素っ裸に剝かれちゃって、奥さん二人がむしゃぶりついてくるの！左右のオッパイを両側から揉まれながら、乳首チュウチュウ吸われて、アソコもまさぐられオマ〇コの中に指を入れられて、グチュグチュヌチュヌチュ掻き回されちゃって……アルコールで全身が火照っちゃってるせいかなあ？　アタシ、ビアンの素養なんてないはずなのに、たまらなく感じてきちゃって。

あらあら、いい反応してるじゃない。

そんなこと言いながら、そこへ金井さんがやってきてアタシたち三人の中に乱入してくる始末。アタシの前にうずくまるような感じで膝をついて、両足を左右に大きく開かせると、そこに顔を埋めて……ピチャピチャ、ジュブジュブってあられもない音を立てながら、オマ◯コを舐め吸われちゃって！

アタシ、自分でも信じられないくらいの大きな声出して喘いじゃった。

とにかく舌と唇の動きが絶妙で、アタシの気持ちいいところをこれでもかと責め立ててくるもんだから……そりゃもう悶絶もの！

うふふ、やっぱり若い子っていいわねぇ、オマ◯コ、ピンク色でお肉もふっくらツヤツヤ、おいしいわあ。

そんなこと言いながら。

そこに両脇の奥さんがたのオッパイ責めが合わさり、さらにさらに、別でからみ合ってた他の三人も加わって、アタシも含めて六人の女体がくんずほぐれつ、ねっとりともつれからみ合うもんだから、なんだかもうやたらエロくて、アタシ、三回も四回もイッちゃったわ。

その様子を見ながら、金井さんはさも嬉しそうに、

ふふ、やっぱり私が睨んだとおり、羽佐間さん、女同士の可能性充分ね。まだまだこの先、色々たっぷり可愛がってあげるから、仲良くしましょうね。

と言って、ぶっちゅりと一段と濃厚な口づけをアタシの唇に。

あ……それ、さっきまでアタシのオマ○コ、さんざん舐めてたのに……！

って、一瞬抵抗感じちゃったけど、それからのディープキスが、またあまりに気持ちよかったもんだから、すぐにどうでもよくなっちゃった。

そう、この女同士の裸のつきあいが、この周りに何もない社宅における唯一、そして最高の暇つぶしの手段だったというわけ。

アタシもすっかりハマっちゃって、今では月に一、二回のこの肉のおつきあいをすっごく楽しみに待ちわびるようになっちゃった。

まあ、男と不倫するよりは全然いいんじゃないかな？

■熱くて硬くて、そしてとびきり大きな肉塊が私の肉穴をうがち、えぐり込み……

早朝雨宿りセックスの爽やかカイカン!?

投稿者　浜中由奈（仮名）／36歳／専業主婦

うちの近所に、全長五キロのジョギング・コースを整備した自然公園があるのですが、私、毎朝五時頃、そこを走ることを日課にしています。小二の息子と夫が起きてくるのは六時半頃なので、その前にひとっ走りして汗を流すという感じです。もともと、ちょっと太り過ぎちゃったのを何とかしなくちゃと走り始めたのですが、目標体重まで落とせて、なかなかのグッド・プロポーションに戻せた今でも、気持ちよくて続けているというわけです。本当は夫も一緒に走ってくれるといいのだけど、これがまた大の運動嫌いときていて……完全なメタボなのですけどねえ。

その日も朝から爽やかないい天気で、私はほぼ五時ちょうどに公園に向かい走り始めました。

すると、

「あ、浜中さーん、おはようございます～」

と、私のことを呼ぶ声が。

週に一〜二度は顔を合わす、ジョギング仲間の男性・三谷さん（三十八歳）です。夫とは真逆のいかにもスポーツマンといった感じの、とても精悍な印象の人で、私は内心密かに、異性として憎からず思っていました。若くしてＩＴ関連の会社を起業して成功させたという話で、そんなそこはかとないセレブ感もまた、地味な市役所職員の夫にはないもので、心惹かれるものがありました。

「あ、おはようございます」

「どうです、久しぶりに一緒に走りませんか？」

三谷さんにそう誘われ、私は二つ返事で同意していました。

「いいですね、よろしくお願いします〜」

ところが、二人並んで二十分ほども走った頃だったでしょうか。

今まで青く晴れ渡っていた空が、にわかに黒く掻き曇ると、いきなり土砂降りの雨になってしまったんです。それはもう、肌に当たる雨粒が痛いほどに激しい。

私と三谷さんはたまらずジョギング・コースを離れ、左右に密生している林の中に駆け込むと、少し行った先にある四阿（あずまや／屋根のある休憩所のような質素な建物）に避難しました。

「うっひゃー、こりゃ参りましたねー！」

「ほんとですね、いきなりこんなに降ってくるなんて……」

苦笑しながら言葉を交わしていた私たちでしたが、ふと、私は三谷さんの瞳の異様なギラつきに気づきました。

そう、土砂降りの雨に打たれた私の体……着ていた白のTシャツは当然ずぶ濡れで、ぐっしょりと肌に張り付くと、くっきりと下のピンク色のブラジャーを透け浮き立たせていたのです。

それを見つめる彼の視線は微動だにしません。

「あ……やだ、恥ずかしい……」

私は思わず両手で体を抱え込むようにして隠そうとしましたが、一方で妙な胸の昂ぶりを否定できませんでした。

三谷さんが私のカラダを凝視してる……私を、欲しがってるの？

ドキドキと高鳴る鼓動を強く意識しつつ、ふと三谷さんの下半身のほうに目をやると、ピッチリしたジョギング用スパッツの股間部分が、もっこりと膨らんでいるのがわかりました。

う、うわ、お、おっきい……！

これもまた、夫とは真逆。

なんだか、えも言われぬ緊張感が二人の間に満ちていました。

「は、浜中さん……」

と、とうとう三谷さんが沈黙を破ると、私のほうににじり寄ってきました。

そして、ぴったりと密着して私の横に座ると、肩に手を回してきたのです。

さすがにこんな朝っぱらから、しかもこんな場所で……と、躊躇し、彼の接触を押し返そうと体に力を入れた私でしたが、

「大丈夫ですよ。ほら、こんなバケツをひっくり返したような雨の中、僕たちのことを見てるような人間、まわりに誰もいませんよ」

三谷さんは私の内心を見透かしたかのようにそう言い、それは裏を返せば、ね、だからOKでしょ？　と、当たり前のように同意を求めてくるものでした。

「で、でも……」

だから、そんな私の言葉も、ただの建前的なもので。

ずぶ濡れのTシャツを乾かさんばかりの熱い体温が三谷さんから伝わってきて、私の全身を問答無用に昂ぶらせました。

「浜中さん……いや、下の名前、なんでしたっけ？」

「ゆ……由奈です……」

「由奈……ああ、素敵だよ……」

三谷さんは私の耳朶に熱い息を吹きかけながらそう囁き、うなじに舌を這わせつつ、濡れたTシャツの中に手をまさぐり入れてきました。

「う、ううん……あ、はぁ……」

ナメクジのように首筋でねっとりとのたくる彼の舌の動きに、あられもなく性感を掻き乱され、思わず他愛もなく喘いでしまいます。

三谷さんはさらに、器用に素早く私のブラジャーのホックを外すと、それを抜き取り、脇の座席の端に置きました。そして、私の乳房を摑んできて。

濡れて張り付いたTシャツの生地の下で、ヌチュヌチュと音を立てながら、ムチュムチュと乳房を揉みしだかれ、乳首をクチュクチュと摘まみこねられると、もうどうしようもないほどの快感が湧き上がってきました。

「あっ、あ、あふぅ……ん、ふぅ……」

そして、たまらず自分のほうから彼にキスをし、舌をからめて吸い啜りながら、そのパンパンに膨らんだ股間に手を伸ばしていました。

そして、スパッツの上から昂ぶりをモミモミと強めに愛撫して。

「んんんっ、んふっ……んくぅ……」

私と舌をからめ合わせながら、三谷さんも悶え喘ぎました。

「ああ、由奈……もうたまんないよ、早く由奈の中に入れたい……」

三谷さんは息を荒げながらそう言うと、いったん立ち上がってジョギング用スパッツをくるぶしのところまで下げ下ろしました。

すると、私の目の前に、ブンッとものすごい勢いで彼の勃起したペニスが振り上がり、そりくり返り、突き付けられました。

それを見ただけで、すでに湿っていたアソコが、さらに淫らに濡れそぼつのが自分でもわかりました。

「ああ、三谷さん……欲しい、それ、ちょうだい！」

「もちろんさ、ほら、由奈の中に入りたくって、もうこんなにヨダレを垂れ流してる……さあ、入れるよ！」

彼は私を立たせて下半身を裸に剝くと、後ろ向きに窓辺に手をつかせて、バックから勃起ペニスを突き入れてきました。

熱くて硬くて、そしてとびきり大きな肉塊が私の肉穴をうがち、ズンズンとえぐり込み、揺さぶり立ててきました。

「あひぃ、ひぃ、ひっ……いいっ、いいわぁ……ああっ！」

「ああ、由奈、由奈……くうっ！」

さすが走り込んでいる彼の肉体は力強さに満ち、弾けるようなバネで私を跳ね上げ、貫いて……私もそれにお尻を激しく振り立てて応えました。

そして、いよいよフィニッシュ。

「ああっ、イクよ、由奈……ああっ！」

「ああ、あ、私も……イク……イクゥウウ～～～～～ッ！」

二人揃って最高のクライマックスを迎えていたのです。

時間を見ると、六時少し過ぎでした。

いけない、急いで帰らないと！

ちょうどよく雨も上がり、私は三谷さんに別れを告げると、家へ向かって勢いよく走り出したのでした。

■皮をかぶっててちょっと可愛い性器をにゅるんと剝き出しにして、口で咥え込んで……

若くたくましい甥っ子の肉体を心ゆくまで味わって

投稿者 新村明日実（仮名）／40歳／パート

今年で結婚十五年目の私たち夫婦。

でも、どれだけがんばっても子供ができず、今では完全にあきらめモード。

でも、よく聞くいいかんじの話のように、たとえ子供がいなくても夫婦が愛し合って幸せに生きていければいいじゃないか、みたいな理解し合えてる雰囲気ではなく、冷え冷えと醒め切った関係性でした。

それはもう、一緒に暮らしてるだけで息が詰まるような。

自然と夫は家に寄り付かなくなり、なんとはなく、私は他に女がいるんじゃないかと思っています。

ま、べつにいいんですけどね。

結局、私も夫もきちんと不妊治療を受けてないから、どちらに子供ができない原因があるかはわかってないけど、こういうのはだいたい世間的には女のほうが悪いわけで……夫の好きなようにすればいいと思ってます。

そんなある時、夫のお兄さんの息子、甥っ子の悠介くんをうちに一週間、泊まらせてあげることになりました。

悠介くんは今、大学二年生の二十歳。

この夏休み期間に都内である就職関係のセミナーに通いたいということで、住まいのある地方から出てきて、うちで面倒をみてもらえないかって。

正直、私はあまり乗り気じゃなかったんです。

いくら親戚とはいえ血のつながりはなく、なのにそんな、少なくとも肉体的には一人前の男性を一つ屋根の下に、たとえ一週間といえど住まわせるなんて……やはりちょっと抵抗を感じてしまって。

でも、平気で週に二～三晩は家を空ける夫なんてお気楽なもので、二つ返事で引き受けてしまったんです。

「いいよ、いいよ。一週間といわず一ヶ月でも！」

冗談じゃありません。

でも、電話口でお義兄さんから何度もお礼を言われると、もう何も言えず、私もにこやかな態度で引き受けざるを得ませんでした。

そして、彼が高校一年の時に法事で会ってから四年ぶりに会うその姿に、私は目を見張ってしまいました。

チョーかっこよかったんです。

いえ、顔は前からイケメンだったんですが、驚いたのはそのカラダ！　身長はぐんと伸びて優に百八十センチはあり、大学の陸上部で短距離走をやっているということで、見事に無駄のない筋肉質の肉体は白いTシャツの上からでもそのマッチョなフェロモンをぷんぷんと発散させていました。

その前まで、親戚といえど若い男を一つ屋根の下に住まわせることに抵抗を感じていた私だったのが、打って変わってときめく胸の高鳴りを抑えられなくなってしまったんです。

そう、それはむせ返るような性的テンションの昂ぶり……。

悠介くんは毎日、朝八時に家を出ていきセミナーを受講して、そのセミナー仲間とちょっとした交流などしたあと、夜の七時頃帰ってくるというパターンでしたが、私はその間、食事や身の回りの世話をしてあげながら、彼の一挙手一投足……いえ、肉体の隅々に対して目が釘付けでした。

たくましい上腕二頭筋の動きを見ては、それに抱きしめられることを夢想し、Tシャツの下の力強い胸筋の盛り上がりを窺っては、それに押しひしゃげられることを熱望し……そして、短パンから覗くパンパンに発達した太腿から、その先に続く付け根部分でこんもりとした存在感を主張する膨らみにかけて発散される、どうにもたまらないオスの説得力に酔いしれて……。

ああ、私、もうどうにかなっちゃいそう……！

でもかろうじて、この間、夫はなぜかちゃんと家に帰ってきていたので、私も自制心を保つことができて、どれだけ悠介くんの強力なオス・アピールに当てられようと、タガがはずれるようなことはありませんでした。私は日々悶々として狂おしい反面、これでいいのだと、自分をどうにか納得させていたのです。

ところが、明日いよいよ悠介くんが実家に帰ってしまうという最後の晩になって、その機会がやってきてしまいました。

夫から、今日は帰れないという連絡があったんです。

ええっ、ここまでどうにか自分を抑えてガマンしてきたのに、この最後の最後のタイミングで……!?

あまりにも意地悪な神様のイタズラに、私の頭とカラダはぐちゃぐちゃにこんがらがって、もうワケがわかんなくなっちゃって。

でも、とうとうその混沌の果てに、私はさとり（？）を得ました。

ガマンなんかしなくてもいいじゃない、自分のしたいようにすれば……って！

そして、いつもの時間になって悠介くんが帰ってきました。

「暑かったでしょ、先にシャワー浴びれば？　その間に晩ゴハンの用意しとくから」

私がキッチンからそう声をかけると、

「あ、すみませーん！　それじゃあお言葉に甘えてー」

と、悠介くんの声が聞こえ、脱衣所で服を脱いで浴室に入ったのがわかりました。

そこで私もそそくさと浴室のほうへと向かい、自らも服を脱いで全裸になると、息をひそめてタイミングを窺いました。

浴室のすりガラスのドアを通して、彼が頭を洗い始めたのがわかりました。

今だ！　私はいきなり中へ闖入しました。

「えっ、えっ、え……ええっ⁉」

シャンプーの泡で目がふさがり、事態が把握できていない悠介くんの反応をある意味楽しみながら、私は自らの裸のカラダを彼の裸体にからませ、きつく抱き着いていました。

「えっ……明日実さん？　な、何やってるんですか……⁉」

うろたえる彼が、もう無性に愛おしくて、私はその想いと欲望を爆発させました。

「ああん、悠介くん……すき、すきなの！　だいすき！　ねえ、抱いて！」

そう叫んで彼の前にひざまずくと、その存在感たっぷりの、でも皮をかぶっててちょっと可愛い性器をにゅるんと剝き出しにして、口で咥え込んだんです。

「あっ、ちょっ……うっ、明日実さん……！」

彼は泡立った頭に両手をやって棒立ちになった、ちょっとマヌケな格好のまま、私の年季の入ったフェラチオに感じ、悶えました。ものすごい勢いで硬く大きく勃起していきます。

それはもう、たくましい肉体に相応しく見事なまでに立派なもので、夫のモノをはるかに凌駕するビッグサイズでした。

「んあっ、ふぐぅ、んぐ……はうっ……！」

無我夢中で舐めしゃぶる私。

すると、彼もようやく肚が決まったようで、両手を頭から下ろして、私の両乳房に触ってきてくれました。その指先はシャンプーの泡まみれで、そのぬめりを伴った甘美感が、ニチュニチュと存分に私の乳房を、乳首をなぶり可愛がってくれます。

「ふあっ、はぁ、ああ……んぐぅ……」

「ああ、明日実さん、とってもいいです……あう、た、たまんない……！」

と、彼はおもむろに私を立たせ、浴槽の縁に両手をつかせると、後ろから深々と性器を突き入れてきました。

その圧倒的なまでの力感と爆発力ときたら……私は全身を激しく揺さぶられながら怒涛の勢いで突きえぐりまくられ、恥も外聞もなく悶え喘ぎながら、自分からも存分に腰を振ってしまいました。

「あひっ、いいっ、いいのぉ……あ、ダメ、もう……イクッ！」

「あう、はぁ、はぁ、はぁ……僕も……明日実さんっ……！」

彼の大量の体液を流し込まれながら、私はめくるめくようなエクスタシーの陶酔を味わっていました。

それはもう、何年ぶりかで感じる満足感で。

一生忘れられない、夏の想いでとなることでしょう。

■おじさんはアナルに舌を這わせ、その周辺まで含めて舐め回してきて……

お役所内トイレでの変態プレイにハマってしまった私

投稿者　向井玲子（仮名）／27歳／公務員

市役所に勤めています。

昨年、某一流出版社に勤める三つ年上の男性と結婚したばかりで、彼は私に勤めを辞めて専業主婦になることを望んでいるのですが、けっこう必死で勉強して入ったこともあって、もうちょっと働きたいなって。

そしてもう一つの、辞めたくない理由。

実は、出入りの清掃業者のおじさんと別れたくないっていう。

ことの始まりはこうでした。

一年ほど前のある日、もう就業時間も終わろうとしていた夕方の五時少し前、私は急にお腹の具合が悪くなってしまって、慌てて女子トイレに駆け込みました。

便座に座って、脂汗を流しながらウンウン唸ること、実に一時間近く。しつこく詰まっていたものをようやく排出することができて、かなり楽になってはきましたが、まだ少し本調子ではなくて、私はスマホを覗きながらじっとしていました。

その時です。個室トイレのドアがいきなりノックされたのは。

私はビクッと驚いてしまい、

「は、は……い……」

と、力なく言葉を返すのが精いっぱいでした。すると、

「あ、すみません、もう六時を回って清掃の時間なもので……さっきから、ずっとこもりっぱなしなご様子なので、ちょっと心配になって。大丈夫ですか？ あ、今日はうちの女性スタッフが病欠なもので、男の私がこの女子トイレの担当になってまして……申し訳ありません」

もとより、もう定時終業後なので、原則職員は役所内にいない前提ですから、そんなに申し訳なさがる必要もないのですが……。

そう、昨今はやりの『はたらき方改革』とやらで、うちの役所でも定時の五時を回ったら、ぐずぐず残業せずに六時までには必ず退社すること。そして、従来は毎朝入っていた清掃業者さんも、終業後の六時から作業開始ということになったのでした。

「あ、そうですよね……すみません、今出ますから……」

業者さんに迷惑をかけてはいけないと、私はまだ少しふらつく足で立ち、内鍵を外

して中からドアを開けようとしました。

ところが、少し開けた瞬間、足がもつれて前のめりによろめいてしまったんです。

「あ、危ない！　だ、大丈夫ですか？」

私は寸でのところで抱き支えられ、転倒を免れました。

「す、すみません……わたしったら……」

そう言って見上げた先にあったのは、豊かな総白髪の六十代前半くらいと思われる、端正な容貌をした壮年男性でした。でも、清掃会社の水色の制服を通して伝わってくるたくましい筋肉の張りは、まるで年齢を感じさせないものでした。

「いえ、ケガが無くてよかったです」

私は感謝の意を込めて微笑むと、彼……そのおじさんの手から離れようとしました。

でも、あれ？　体が動かない……？

おじさんは、私を抱き支えた手の力を抜くことなく、いえむしろ、さらにきつく抱きしめてきたんです！

「ああ、ご、ごめんなさい、こんなこと……でも、じ、自分を止められないんです」

おじさんは申し訳なさげにそう言いましたが、裏腹に手の力はさらに強まり、私はその分厚い胸に抱きすくめられ、息苦しさを感じてしまうほどでした。

「あ、あの、は、放して……ください……」

まだ体調が完全には戻っていない私は、蚊の鳴くような声でそう訴えるのですが、おじさんは鼻息を荒くし、ますます迫ってくるばかりです。そして、

「ああ、お願いだ……あなたの……舐めさせてほしいんだ……排泄したてホヤホヤの芳香がまだ残ってる、アソコとお尻の穴を……」

というとんでもないことを言いだし、私はびっくり仰天しましたが、不安定な体調の上に、おじさんの恐ろしいほどの〝圧〟に抗うことができず、分厚い手のひらで口を押さえられ声を封じられたまま、再び便座の上に座らされる格好になってしまいました。

「大丈夫、痛いようなことは絶対にしないから。ああ、私はね、もう本当に排泄したての女性器の味と香りに目が無くてね……じっとして、舐めさせてくれるだけでいいから、ね、ね？」

ど、ど変態……だ！

こういうの、スカトロっていうのかしら？

で、でも、おしっこやうんち自体がどうのってわけでもないから、ちょっと違うのかなあ？　ああ、でもやっぱり、尋常じゃないわ……。

もう頭の中は大混乱ですが、とりあえず私に抵抗する術はありませんでした。

おじさんは私のスラックスとショーツを器用にスルスルと脱がすと、ソックスと靴を残したまま、私の下半身は丸裸に剝かれてしまいました。そして、両腿を左右に大きく開かされると、その中心に、しゃがみ込んだおじさんが顔を近づけてきて……。

「んんっ……ぐぅっ……」

温かくて分厚い舌が、私のクリトリスからヴァギナを、上下左右に何度も何度も舐め上げ、舐め下ろし、さらにその先端が肉びらをこじ開けて侵入してきて、ヌロヌロ、ヌチャヌチャと肉ひだをしゃぶり搔き回してきて……私はそのあまりの恍惚的刺激に悶え喘ぐしかありませんでした。

さらにおじさんは、私の両膝の裏に手を入れて上に持ち上げるようにすると、天井のLED照明の灯りにあられもなくさらされる格好となったアナルに舌を這わせ、ベチョベチョ、レロレロとその周辺まで含めて舐め回してきたのです。

「はうぅ……ふぅ、んふぐぅ……！」

それは、アナル処女の私にとって、まさに未体験の衝撃的感触でした。

時折、肉門をほじくるように舌先がうごめき、私はビクビクと背をのけ反らせて、大きく反応してしまうのです。

「ぶはぁっ！　やっぱり最高だぁ、この香り、味わい！　昨今はウォシ○レットなんていう無粋なものが幅を利かせて、味気も何もない代物にされちゃって嘆かわしい限りだけど、ここのトイレはそれが無くていい！　おかげでトイレットペーパーで拭いただけの、限りなく排泄したてのダイレクトな味と香りを楽しむことができるっていうものだ」

「んはっ、はぁ、ああん……」

今や、口を覆っていたおじさんの手も外れてしまい、私の喉から漏れる情けないほどに悩まし気な声がトイレ内に響き渡ります。もう役所内にほぼ職員はいないはずなので、聞き咎める人間もいないでしょうが、そう頭ではわかっていてもドキドキ感が止まらず、それがまた言いようのない昂ぶりを生んでしまうようでした。

さあ、こうなると、今度はこっちのほうに火がついてしまい、私は下半身を舐めしゃぶられながら、おじさんの肩に手を伸ばすと自分のほうに引き寄せていました。そして、こう言ってしまっていたのです。

「ねえ、おじさん、今度はわたしのほうからお願い……おじさんのオチン○ン、わたしのオマ○コに入れてぇっ！」

「ええっ、ほ、本当にいいのかい？」

驚いて問いかけるおじさんに、私は頷いて答えました。

「よ、よし、じゃあ入れちゃうからね？　いくよ？」

「はぁ……あぁん、きてぇっ……」

狭い個室トイレの中、便座の上でほぼマングリ返しのような体勢になっている私のドロドロのアソコに、実はもうすっかり勃起していたおじさんの極太ペニスが挿入されてきました。

「ああっ、いい、いいの……んっ、んっ、んっ……はあっ」

「うう っ、た、たまらん！　くうぅ……あ、で、出るっ！」

「あああ～～～～～～んっ！」

それはもう過去最高にイイSEXと言っても過言ではありませんでした。

というわけでそれ以来、おじさんとの終業後トイレ内エッチに完全にハマってしまった私……ね、こんなのやめられるわけないでしょ？

■黒い喪服の隙間から覗き見える私の肌は、いつも以上に艶めかしい白さで輝いて……

亡き妹の棺桶の前でその夫と愛し交わった禁断の通夜

投稿者　立浪かずえ（仮名）／32歳／専業主婦

たった一人の妹が、不治の病で亡くなりました。

まだ二十九歳という若さでした。

私たちの両親ももう早くに亡くなっていて、親類もそれほど多くはないので、近しい身内は私だけということになります。

私の夫は海外に単身赴任中なので、とるものもとりあえず、喪服に着替えた私は一人、葬儀場へと向かいました。今晩、お通夜が夕方六時から、告別式が明日の朝十時からということでした。

葬儀場に着くと、今まさにお通夜の読経が始まろうとしているところでした。

私は香典を渡して受付を済ますと、妹の遺影と棺桶を中央に祀った祭殿の向かって右側、親族席のほうへと向かいました。

そこに、喪主の政明さん（三十歳）がいました。

亡き妹のご主人です。

一瞬、目と目が合いましたが、あえて通り一遍の目礼を交わすと互いに視線を外し、四～五人ほどいた政明さん側の身内に頭を下げながら、私は着席しました。

ああ、愛しい政明さん。

そう、私と政明さんは実は深い関係にあったのです。

もちろん、亡くなった妹には秘密でした。

仕事、仕事でまったく家庭を、私のことを顧みてくれない夫のことを憂い、同じ男性としていったいどう思っているのか聞きたい、助言を乞いたいと、義弟という気安さから相談しているうちに、いつしか好きになってしまい……そう、これまで片手ほどの回数、二人身を重ねました。

でも、半年前に妹が病気を発症してからはさすがに逢引きすることは自粛し、今日まで一度も男と女として会ったことはありません。

お坊さんの読経の間、焼香する弔問客に頭を下げ続ける政明さんの後姿を背後から眺めながら、私は言いようのない感情が湧き上がってくるのを感じていました。

妹に申し訳ないと思って、彼との関係を断ってきたこの半年だけど、その妹ももはやこの世にいない。それならなぜ彼が欲しいという気持ちをがまんしなくちゃならないの？　私が結婚してるから？　ううん、だって夫は私のことなんて何とも思ってないし、日本にすらいやしない。ねえ、いいよね？　自分の素直な欲求に従って、政明さんと愛し合ってもいいよね？

そうして六時を回った頃、弔問客も途絶え、読経が終わりました。

その後、二時間ほどの通夜振る舞いの宴席のあと、葬儀場には私と、政明さんの近しい身内の人々の十人足らずが残るのみとなりました。その面子で故人の想いでやんかをしばらく語り合い、飲食した後、皆は二階にある仮眠室へと上がっていき、妹の棺桶が安置されたその場には私と政明さんだけが残る形となりました。

シンと静まり返った室内で、しばらくの間、私も政明さんも一言もしゃべりませんでした。さすがに今日だけは、妹の死を悼むための最も神聖でおごそかな時間です。二人の間にはそんな、建前としての緊張感がみなぎっていました。

……でも、本当のところはどうなの？

私は今、政明さんに抱かれたくてどうしようもないよ？

ねえ、政明さんだってそうじゃないの？

もう、私たちの間を遮るものは何もないんじゃないの？

もちろん、心のどこかで妹に申し訳ないという気持ちはありましたが、それよりも数倍、私の政明さんと愛し合いたいという気持ちは大きかったのです。

私はじりじりと政明さんのほうへにじり寄っていきました。

そして、妹の棺桶に向かって正座してうなだれる政明さんの隣りにぴったりと寄り添うと、言いました。

「やっと……二人きりになれたね。逢いたかった。政明さん……」

少し身じろぎした彼は、私のほうを見ないまま、

「ねえ、やめましょう？　あいつの前ですよ。ああ、かわいそうに……」

と言い、私を邪険に押しやるようにしました。

私は思わず逆上してしまいました。

「何よ、今さら！　これまでさんざん妹のこと裏切っておいて、今になっていい夫ヅラしないでよ！　私のオマ〇コ、いっぱい舐めて、さんざん突っ込んだくせに……ふざけるな、この卑怯者！」

「おい、ちょっと……そんな大声で……や、やめろよ！　義姉さん、頼むから！」

動揺した彼は私の口を手で覆って声を遮り、抱きすくめて暴れる手足を押さえ込んできました。

私はなんだかもう溢れ出る想いで胸がいっぱいになってしまい、涙でうるんだ目で

じっと彼の顔を見つめました。

すると、とうとう彼も負けを認めました。

「まったく、本当にしょうがないなあ、義姉さんは……」

苦笑しながらそう言い、そっと手を離すと熱い口づけをしてきました。

ああ、半年ぶりの……政明さんとのキス！

彼に唇と舌を吸われながら、ザワザワと全身の性感帯がよだち騒ぎ、カラダの中心のほうから熱いものが燃え上がってきました。

「んんっ、はふ、んふぅ……ぶはぁ！　ああ好き、大好き！　ずっと政明さんとこうしたかった！　ねえ、お願い、もっと……もっといっぱいしてっ！」

私は狂ったように彼の唇をむさぼり返しながら、慌ただしく彼の黒いネクタイをほどき取り、喪服を剝ぎ取っていきました。はだけられた白いカッターシャツの下から、おなじみの引き締まった肉体が現れました。私は無我夢中で、彼の乳首に吸いつき、しゃぶり吸いました。私の口中でそれが固く尖ってくるのが感じられます。

「ああ、義姉さん……」

「いやっ、かずえって呼んで！」

「……かずえ……」

政明さんはそう言いながら、私の喪服も脱がし始めました。

白々とした蛍光灯の明かりのせいか、黒い喪服の隙間から覗き見える私の肌は、いつも以上に艶めかしい白さで輝いていました。

「ああ、かずえ、なんだか今日は……今までで一番……エロい……」

彼の目にも同じように映ったようです。激しく鼻息を荒げながら、はだけられた私の白い乳房にむしゃぶりつき、それに反して少し濁ったピンク色の乳首を吸い、むさぼってきました。

「ああっ、はぁ……いい、いいの、政明さんっ！」

私たちのタガはもう完全に外れました。

あられもなく喪服を淫らに脱ぎ乱した私たちは、互いの性器にむしゃぶりつき、ジュルジュル、ペチャペチャ、チュウチュウと湿った激しい音を立てながら、口淫し合ったのです。

もうどうしようもなく濡れ、蕩けてしまった私は、彼に訴えました。

「はぁ、はぁ、はぁ……ねえ、ちょうだい……政明さんのいつものスゴイやつ、私のここに思いっきりちょうだいぃ……」

「ああ、あげるとも！　かずえのこのいやらしいマ○コに、おれのスゴイチン○ン、思いっきり突っ込んでやる！」

そして、彼の分身が私の中に突入してきました。

「あひっ……ひぃ、ひあ……いい、いいの……ああ、政明さん……っ！」

「かずえ、かずえ……ああ、おれも、おれもいいよっ！」

そして、ものの五分も抜き差ししないうちに、私も彼も最初のクライマックスを迎えてしまったのです。

結局、その夜、私たちは妹の棺桶の前で一晩中愛し合ってしまいました。

これは妹への冒瀆でしょうか？

許されないことでしょうか？

わかりません。

ただ一つ言えること。それは、私は自分の気持ちに正直に生き、愛していくことしかできないということです。

私は、自分で自分を断罪することはできないのです。

第二章 ● アバンチュールに蕩けて

■彼は剝き身の乳房を両手で鷲摑み、荒々しく揉みしだきながら乳首に吸いついて……

夫への貞操も吹き飛んだ一夜限りの不倫エクスタシー

投稿者　浜本美樹（仮名）／24歳／自営業

二年前、カフェを経営する、十五も年上の今の夫と結婚し、その手伝いをしながら結婚生活を送っています。

夫は元々、国文学の研究者志望のインテリで、思慮深くとてもやさしい人。そんなところに、自分と同年代の男性にはない魅力を感じて、二十二歳という若さで結婚してしまった私でしたが、正直、今ちょっとだけ後悔しています。

それは夫婦の営みについてです。

私、実は昔から性欲が強いほうで、毎日したいくらいのタイプなんですが、夫は真逆……というか、ぶっちゃけもう年なんですよね。そもそも肉体派ではないものの、それでも新婚当初は週に一回はしてくれたのが、だんだんとそれが月に二〜三回になり、月イチになり、二〜三ヶ月に一回になり……で、とうとう今は完全なセックスレス状態というわけです。

そんなわけで、私は満たされない若い肉体を抱えて、悶々とした日々を送らざるを得ず……夫が人間的にはとてもいい人で、どうしても自分から浮気や不倫をしようという気にはなれなかったのです。

そんな時でした。

夫が自転車でこけて足を骨折、店に出られない状況になってしまったのは。

全治一ヶ月。でも、家計のためにはその間、店を閉めるわけにもいきません。

そこで、この窮地を乗り切るために助っ人を頼むことになりました。

実は当初、夫はある男性パートナーとお店をやってて、その後、その人が自分だけのお店を持ちたいということで独立したという経緯があったのです。そして今はそれが成功して、実際のお店の仕切りは別の人に任せて、今や三軒の店舗の経営者に徹しているという話でした。当然、今のうちのすべてのメニューについて、その人は精通しています。

彼の名は雅人さん（三十四歳）。

事情を話すと、夫が店に復帰できるまでの一ヶ月間、お店を切り盛りしてくれることを快諾してくれたのです。

早速、雅人さんがカウンターに入って調理を中心に働き始めると、意外な効果が表れました。

夫よりも若く、全身からエネルギーを発散させているかのように溌剌とした印象を感じさせる彼は、すぐに女性客のファンを掴み、連日彼目当てのお客さんが大勢押し寄せるようになったのです。

実はまだ独身の彼は、時には女性客の誘いを受け、デートに付き合ってあげることもあるようでした。当然それは食事やお茶だけで済むようなものではなく、明らかに肉体関係までいったものまであろうことは、私にも雰囲気で伝わってきました。

そんな様子を日々身近で感じていると、私はだんだんたまらなくなっていってしまいました。

ああ、私も雅人さんに抱かれたい！

あのたくましい肉体にくみしだかれ、思う存分愛されたい！

でも、どうしてそんなこと、訴えることができるでしょうか？

私は以前以上に悶々と渦巻く自分の欲望を、全力で抑え付けるしかなかったのです。

ところがある日、事態は思わぬ展開を迎えました。

営業時間を過ぎお店を閉め、後始末と翌日の仕込みを終えた夜の十時過ぎのことでした。今までそんなことは一度もなかったのに、雅人さんが冷蔵庫からビールを出して、私に勧めてきてくれたのです。

「いよいよあと一週間で、アイツも復帰だね。美樹さん、ほんとよく頑張ってるよ。さあ、たまにはお疲れの乾杯しようぜ」

そうしてグラスにビールを注がれた私は、彼とグラスをカチンと合わせ、ありがたく一気に飲み干しました。

「やあ、いい飲みっぷりだ。さ、もう一杯」

ビールは本当に美味しくて、私は雅人さんに注がれるままに、どんどん杯を重ねていき、彼もまた手酌で何杯も……。

と、いきなり、それまでにこやかだった雅人さんの表情がビシッと変わり、まっすぐな視線を私に向けてきました。

え、え、え……な、なんなの、いったい……？

そして、そんな私の動揺ごと飲み干すかのように、雅人さんはガバッと私を抱きしめ、がっつりと濃厚な口づけをしてきたのです。

「んんっ……んうっ、ふぐぅ……」

彼の舌が私の唇を割って口内にぬめり込んできて、こちらの舌をとらえるとからみつき、ジュルジュルと吸い搾ってきました。私は押し寄せる陶酔感に呑み込まれ、あ

まりの気持ちよさに気が遠くなってしまったのです。と、

「んはぁっ、み、美樹さん……好きだ！　もうずっとこうしたかったんだ！」

雅人さんがいきなり思いがけないことを言い、私は面食らってしまいました。

えっ、雅人さんが私のことを好きだなんて、まさか……？　だって、あんなに何人もの女性客とつきあってたくせに……！

という、私の内なる声がまるで聞こえたかのように、続けて彼は言いました。

「本当は、すぐにでも美樹さんに告白したかったんだけど、それってやっぱり友情を裏切ることになって言えないじゃん？　だから、無理やり他の女性客とつきあって美樹さんのことを忘れようとしたんだけど……でも結局、自分の気持ちに嘘をつくことはできなかった……」

「そ、そんな、雅人さん……？」

「頼む、美樹さん！　俺のこと、受け入れてくれっ！」

信じられない告白でした。

私の胸中に葛藤が渦巻きました。

そりゃ本当は雅人さんに抱かれたくて仕方ないけど、でもやっぱり、いざそれがこうやって現実になると、夫への申し訳ないという気持ちがざわめきだして……ああ、

私、いったいどうすれば……⁉

「ああっ、もう返事なんか待ってられない！　美樹さんっ！」

ついに雅人さんの理性が弾け飛んでしまったようで、彼は私の着ていたトレーナーをすっぽりと頭から脱がせると、その下から露わになったブラジャーも剝ぎ取り、剝き身になった乳房を両手で鷲掴み、荒々しく揉みしだきながら乳首に吸いつき、しゃぶり回してきました。

すると、

「あはぁっ、ひっ……あああ～～～～んっ！」

とんでもない快感の奔流が全身を駆け抜け、私は身をのけ反らせてよがり啼いてしまいました。

今度は私の理性が吹き飛ぶ番です。

待ちに待った、オスの荒々しいパワーを正面からぶつけられ、一瞬にして私の脳裏から夫の存在は消え、もう目の前の雅人さんしか見えず……私のほうも無我夢中で彼の服を脱がせ、いつしか互いに素っ裸になった私たちは客席のソファへともつれあうように倒れ込み、そこで息を喘がせながら激しく睦み合ったのです。

「ああっ、雅人さん……もうきて！　雅人さんの大きなオチン◯ン、私のオマ◯コの中に思いっきり突っ込んでぇっ！」

「ああ、突っ込むとも！　いくよ、美樹さんっ！」

次の瞬間、彼のたくましいペニスに貫かれた私は、ほんの一瞬にして絶頂に達してしまいました。そして、そのあとから絶え間なく何度も何度も、イキ続けてしまったのです。マジ、イキ死んでしまうんじゃないかと思ったくらいです。

「ううっ、美樹さん……俺もイクよっ！」

そう言って雅人さんも達して、私たちはソファの上で三十分もぐったりとして、嵐のような快感の余韻に浸ったのでした。

そして一週間後、めでたく夫は職場復帰し、今は前と同じく、私と二人、力を合わせてお店を切り盛りしています。

雅人さんとの関係はこの時の一度だけですが、今もどうしても満たされない時、その淫らな思い出をおかずにオナニーに耽っている私なのです。

■私の肉ひだが彼の肉棒を呑み込み食い締めていき、二人の間で快感の濃密な波長が……

二十年近い時を経た念願の肉交に身も心も蕩け乱れて

投稿者　増村純（仮名）／34歳／専業主婦

私はその日、もう朝から浮足立ってしまって仕方ありませんでした。

今夜はいよいよ、待ちに待ったクラス会です。

中学三年生の時の、私の中で一番の青春の頂点の時代。

その当時、私は一人の男子クラスメートのことが、好きで好きで仕方ありませんでした。名前を藤城誠くん（仮名）といって、剣道部の主将をしていました。うちの学校の剣道部はどちらかというと弱小の部類に入るレベルだったんですが、そんな中でも藤城くんは少しでも部を強くしようと一生懸命で、マネージャーだった私はその真摯でひたむきな彼の姿を見つめ続けた末に、心の底から本当に愛するようになってしまったんです。

でも、結局告白できないままに卒業を迎え、別々の高校に進み、それ以降、現在に至るまで一度も会うことはありませんでした。

それがいよいよ今日のクラス会で、実に二十年近くぶりに再会できるんです！

もちろん、今となっては私も主婦として家族を持つ身ですから、大好きだった彼と再会したからといって、どうこうしたいなんて、ゆめゆめ思ってはいません。ただひとえにその元気で成長した姿を確かめ、そして冗談半分に明るく「あの時私、あなたのことが好きだったんだよ」と言って、なんとなく自分の中でけじめのようなものをつけたいだけだったんです。

ところが。

こんなことってあるでしょうか？

二十年近くぶりに再会した、一段と男前に、立派にたくましく成長した藤城くんは、先ほど書いたように明るく当時の想いを告白した私に向かって、こう言ったんです。

「本当は僕も、田中さん（私の旧姓です）のこと、ずっと好きだったんだ」

って。

しかも、そう言う彼の口調からは私と違って冗談めいた雰囲気は微塵も感じられず、ただじっと真剣な目で私の心を刺し貫いてきたんです！

一瞬、クラス会会場として貸し切ったイタリアン・レストランのホールの片隅で、私と彼の間だけ、時間が止まった……いえ、青春のあの頃に巻き戻ったようでした。

「……あ、ははは……それ、本当？　ちぇっ、そりゃ惜しいことしたなあ。それがわかってれば、私だってもっと……」

「ねえ、このあと、一次会が終わったら、僕たち二人だけにならないか？」

私の言葉にかぶせるように彼が真剣な口調で言い、周りの皆に見えないところでギュッと手を握ってきました。それはとても熱く、力強くて……。

実は今日、夫には、旧友たちとハメを外し過ぎて帰ってこれないかもと伝え、まあほどほどにしろよ、と苦笑いされながらもその許可を得ていました。なにしろ私、普段は本当にがんばって、いい妻、いい主婦として信頼されていたもので。

頭の中をいろんな葛藤と逡巡、迷いがグルグルと駆け巡りましたが、最後、私は思い切って決断を下しました。

「うん、いいよ。私も藤城くんと二人だけになりたい」

「よし決まった。一次会終了後、密かに速やかに、駅東口○○前に集合すること！」

「了解！」

中学時代に戻ったようないたずらっぽい笑みで覆ってはいましたが、その水面下では、夫を、家族を裏切ろうとしている、大人としての重い覚悟と冷たい罪悪感が、激しく渦巻いていました。

一次会が終わった夜の十時すぎ、計画どおりに私と藤城くんは指定の場所で落ち合い、そのまま五分ほど歩いたところにあるシティホテルにチェックインしました。

部屋に入ると、順番にシャワーを浴びて、私は入念に体中を洗いました。そうしている間に、私の気持ちは二十年の時をさかのぼり、いつしか〝好きだった〟から〝好き〟というアツアツの現在進行形のものへと沸き立っていきました。

ああ、大好きな藤城くんに抱かれる……嬉しいっ！

そして、濡れた体をバスタオルで拭くのももどかしく、バスルームからベッドルームへと足を踏み出すと、そこにはすでに先にシャワーを終えていた彼が、全裸のまま仁王立ちして待ち構えていて、私はその腕の中に飛び込むような格好になりました。

「おかえり、お姫様」

「ああん、ただいま、藤城くぅん……！」

そんなことを言いながら、私たちは大きなダブルベッドにドサッと倒れ込みました。

寝そべった私の上に彼が覆いかぶさり、しばらく見つめ合ったかと思うと、次にやさしくキスをしてきました。それは、本当に愛おしむようにロマンチックな口づけで、私は唇を、舌を吸われながらウットリと陶酔してしまい……そして同時に、体内が熱く淫らに、ウズウズ、どくどくと息づいてくるのが自分でもわかりました。

彼のキスが、私の顔から胸へと移ってきました。

乳房を柔らかく、ゆったりと手で揉み回されながら、先端の乳首を唇でチュウチュウ、チュパチュパと吸われ、時折甘噛みされて……それは普段、夫とのエッチでされていることと大差ないのに、なんだか余計に気持ちよく感じてしまいます。

そして今度は、彼のキスが私の下半身へと。

彼の舌が私のクリトリスをとらえ、チュクチュク、ニュルニュルとこね回し……それから肉ひだの中へと分け入ってきて、内部をレロレロと掻き回してきて……。

「ああっ、ひっ、はあぁぁあああ～～っ……」

私はその快感に身悶えしながら、自分も彼を愛してあげたくて仕方なくなって、自分から体をずらして、今度は私が仰向けになった彼の上になる形でシックスナインの体勢になり、ペニスを咥えると無我夢中で舐めしゃぶりました。

それは夫と比べて大きいというものではなかったけど、私はひたすら愛おしくて、その先端から玉袋まで、これでもかとむさぼり責め立てたんです。

で、下になった彼の口撃で私のアソコもいい加減、ドロドロのグチャグチャに蕩けきって、お互いにもう爆発寸前というところまで昂ぶってきました。

「ああ、藤城くん！　私、もうガマンできないっ！」

「ああ、僕もだよ……田中さんの中に入りたいっ……！」

その言葉を受け、私は身を起こすと騎乗位の姿勢になって、上から彼のペニスの上に腰を落としていきました。ヌプヌプ、ズプズプ……と、私の肉ひだが彼の肉棒を呑み込み、食い締めていき、二人の間で快感の濃密な波長ができあがっていきます。

「ああっ、いい、いいわ、藤城くん……大好きよ〜〜〜っ……」

「あ、ああ……田中さん、僕も……あっ、ああ……！」

そうやってお互いに何度も何度も達し、果てながら、私たちは朝まで二人で愛し過ごしたのです。

二十年近くぶりにようやく果たせた彼への想い。

これで心身ともにけじめをつけられたように思います。

■おじさんの手は、お尻と内腿を交互に行き来しながら、撫で、揉み、撫で、揉み……

ベテランマッサージ師の悶絶テクに失神してしまった私

投稿者 草薙塔子（仮名）／27歳／OL

関西へ出張に行った時のことです。

昼間の取引先との商談は思いのほか難航し、当初一時間ほどで終わるはずの予定が、結局三時間もかかってしまい、私はもう身も心も疲労困憊でした。

そのあとまた夕方からの、別の取引先との幾分軽い打ち合わせが終わったあと、夜の七時頃ホテルにチェックインすると、なんだかもうゴハンを食べる気分にもならず、シャワーを浴びたあと、寝巻用のTシャツとジャージに着替えてベッドに突っ伏してしまいました。

と、その時、ドアの下の隙間から滑り込まされたらしい、一枚のチラシが目に入りました。業者が入り込んで客室にこんなことをしてるなんて大したホテルじゃないことが丸わかり……お恥ずかしい話ですが、ま、弊社、なにせどこに出しても恥ずかしくない弱小企業なので、お察しくださいませ（笑）。

それは出張マッサージの広告チラシでした。

ふ〜んと見てみると、二時間三九八0円とあり、まあまあなかなかリーズナブルなお値段。しかも『ただいま特別キャンペーン中につき、スペシャルサービス付き！』とあります。私はなんだか急に体中の筋肉にこわばりを感じ、出張マッサージを呼ぶことを即断していました。

（うん、たまにはいいよね、自分の体をいたわってあげても！）

チラシに書いてある番号に電話すると、十五分ほどでマッサージ師がやってきました。六十歳くらいの初老の、とてもにこやかなおじさんでした。

「このたびはご依頼、ありがとうございます。Aプランでよろしいんですよね？」

一番基本の施術コース＋例のスペシャルサービスが希望だということを確認したうえで、ベッドにうつぶせになった私に、おじさんはマッサージを始めました。

いやもう、そのテクニックときたら、抜群でした。

私の筋肉の凝り具合を的確に把握し、それに最適な施術を次々と繰り出してくれて、見る見る全身のこわばりはほぐれ、体中がラクになっていったのです。私はそのリラクゼーションにうっとりと身を任せながら、押し寄せる心地いい眠気に抗えず、思わずウトウトしてしまったくらいです。

そこへ、おじさんが声をかけてきました。

「このまま、スペシャルサービスに移行しますけど、よろしいですか？」

「は～い、ＯＫで～す……よろしくですぅ～～」

私は大して考えることもなく陶酔状態のままそう答え、

「はい、承知しました～」

というおじさんの言葉を聞いていました。

次の瞬間、それまでとは違った感覚が私の体を走りました。

うつぶせになった私のお尻の辺りに馬乗りになったおじさんが、スルスルッと両手を私の脇のラインに這わせつつ、それを気持ち下側に移動させて私の両乳房の外側部分に触れてきたのです。それはあくまで節度のあるやさしいタッチでしたが、でも的確に性的感覚を昂ぶらせてきます。

「んんっ……はぁ……お、おじさん、な、何やってるんですかあ？」

「ん？　もちろんスペシャルサービスですよ。これはね、お客様の肉体の欲求不満状態をこちらの長年の経験と勘で判定して、それに適した性的施術サービスを提供差し上げるものでね……うん、ほう……お客さん、相当溜まってらっしゃる。けっこう濃いめのやつ、やって大丈夫かな？」

「は、はあ……？」

相当溜まってるって……いや、まあ確かに今ダンナとは二ヶ月ほどセックスレス状態だけど……そんなに飢えてる感覚ないんだけどな。っていうか、スペシャルサービスってそういう意味だったなんてこと、聞いてないよ〜〜〜！

ちょっとうろたえた私でしたが、おじさんの手が絶妙の力加減で乳房を揉み込んできて、それによってもたらされた蕩けるような快感に思わず、

「あふっ、んふっ……あはぁん……」

喉から甘ったるい声が漏れ、頭の中が真っ白になってしまいました。

「ふふふ……もっともっとよくなりますよ、ほら……」

いつの間にはずしたのか、私のブラジャーは脇に置かれていて、おじさんの指先が乳首を摘まんで、微細な振動を与えつつこね回し、最高の力加減で押しつぶすようにしてきて……うわ、これはヤバイ……！

「んあっ、はっ、ああ、あひぃ……」

私の喘ぎ具合を窺いながら、おじさんは次に手を背中の中心に沿って上から下へと揉み下ろしていき、今度はお尻の肉を摑んでこね回し始めました。すると、その魔性のバイブレーションがでん部から徐々に中心へ……アソコへ向かって伝わり響いてい

って、キュウキュウするような悩ましい刺激が肉壺を震わしてきました。

「はぁっ、ちょ、ちょっと……こ、こんなの……はじめてぇっ！」

思わず口をついて出てしまった言葉に、おじさんは、

「でしょ？　こんなの、この道四十年の私にしかできないテクニックですよ。さあ、そろそろクライマックスだ。思う存分感じてくださいね」

と、一段とにこやかに言いました。

おじさんの手は、お尻と内腿を交互に行き来しながら、撫で、揉み、撫で、揉み、撫で、揉みの波状攻撃を繰り返し、それを受けて私のアソコを震わす魅惑のバイブレーションは際限なく高まっていき、あまりの気持ちよさに下半身がビクビクと跳ねだしてしまいました。

「はひっ、あ、ああん、き、気持ち……よすぎて、お、おかしくなっちゃいそう……あ、あふうん……！」

「さあ、これでとどめだ。今から最高の快感のツボを押しますからね……いきますよ、ほらっ！」

次の瞬間、マジ、全身を電流が貫くような感覚に襲われ、頭の中は真っ白、アソコの中で爆発するような巨大な性感のトルネードが渦巻き、私は生まれて初めて経験す

る常識はずれのオーガズムに達して……いや、それさえも突き抜けていたのです。

ひょっとして、一分ほど失神していたかもしれません。

はっとして起き上がると、おじさんが椅子に座って、やっぱり例のにこやかな顔で私のことを見つめていました。

「どうでした？　よかったでしょ？」

「……は、はい。マジ、ヤバかったです……」

おじさんは満足そうにうなずきながら、私から支払われた料金を手に帰っていきました。

次の出張の時も、絶対にお願いしよう。

私は心に決めたのです。

■彼はこれでもかと私の肉豆と肉ひだ、さらにその奥の肉壺まで愛し可愛がって……

万引き発覚からの忘れられない幸福エクスタシー体験

投稿者　柳はるか（仮名）／37歳／パート

その日、私は魔がさしてしまったとしか言いようがありません。

そして、それがまさか、さらにあんな事態を招いてしまうなんて……。

去年の暮れのことです。

私は朝から夫と些細なことでケンカしてしまい、もうムシャクシャしてしまっていました。それは、事実ではあるのですが、夫から自分の女としての衰えを指摘され、そんなの、最近満足にアレも立たないアンタなんかに言われたくないわよ！　って感じで、まあ、お恥ずかしい話。

その日はパートも休みで、私は午後から近所のスーパーへ買い物に行きました。

もちろん、例のムシャクシャは胸の中でわだかまったままで……私はそんな怒りと悔しさにそそのかされるかのように、万引きしてしまったんです。

たかだか三百円くらいのチョコレート菓子でした。

でも、それをスッとトートバッグの中に滑り込ませた時、なんとも言いようのないスッキリ感を感じることができたんです。

私はその高揚感を抱えたまま、当然それをレジに通さないまま、店外へと出ました。

その時、どこからともなく現れた一人の男性に呼び止められたんです。

「奥さん、レジを通さなかった商品がありますね？」

全身の血の気が引いていく思いでした。

「えっ、えっ、あ、あの……！」

「警察に通報しますか？　それとも僕と取り引きしますか？」

「えっ……は、はあ？」

動揺する頭の中でも、何かが違うと思いました。

警察か取り引きかって……何、この二者択一？

でも、もちろん、とりあえず警察だけは絶対にイヤです。

「取り引きのお話、聞かせてください……」

私はそう答えていたんです。

免許証を預かられてしまった私は、日を改めてその男性と待ち合わせ、隣町のホテルへと連れ込まれてしまいました。

そこで男性……Eさんは言いました。

「あの店で長く万引き監視員をやっていて、常連客である奥さんのことを見ているうちに好きになってしまった。なんて魅力的なひとなんだろうって」

思いもよらない告白を受け、こんな状況にも拘わらず私の胸はときめいてしまいました。私が……魅力的？

「日増しに奥さんへの想いは高まる一方で。そんな時、飛んで火にいるなんとやらというか……奥さん、僕の想いを遂げさせてくれるなら、万引きのことは見なかったことにしてあげます。だから……いいですよね？」

好きになってしまった。

なんて魅力的なひとなんだろう。

Eさんからの、ある意味卑劣な交換条件の提示だったにも拘わらず、私はそんな魔法のような言葉に心を鷲掴まれ、舞い上がってしまっていました。

本当に、夫に聞かせてやりたい言葉でした。

ほら、私だってまだまだイケてるのよって。

「は、はい……よろしくお願いします」

もちろん、私はそう答えていました。

Eさんは私と同年代の、お世辞にもイケメンとはいえないタイプでしたが、やはり日々、緊張感のある仕事に携わっているせいか、引き締まった隙のない体つきをしていて、その力強い腕で服を脱いで全裸になった私の体を抱きしめてきました。

「ああ、奥さん、ずっとこうしたかった……」

上ずったような声でそう言われると、なんだかもうそれだけで、私のほうも舞い上がってしまいました。

ほら、ここに私のことをこんなに想ってくれてる人がいる！

そして、その想いが歴然と形になって突き付けられた時、私は身も心も震えるほどに昂ぶってしまったんです。

それは、信じられないほどの勢いで勃起した男根。

全長十五センチ弱はあるそれは隆々として力強く、お腹にくっつきそうなくらいの急角度で天を突くようにそそり立っていました。

それは肉欲だけがなせる業でしょうか？

いいえ、そんなはずはありません。

私への強い愛情がなければ、絶対にここまでにはならないはず。

ここ最近の夫の情けない有様を思い出すにつけ、その思いは確信になりました。

そして私は、自分でも思わぬ行動をとっていたんです。

自らEさんの前にひざまずき、勃起した男根を咥えていたんです。

これには、さすがのEさんも驚いて、

「あ、奥さん、いいんですよ、そんなことしなくても……」

と言ったのですが、私は構わず、

「ううん、私がこうしたいの！」

と言って、夢中で舐めしゃぶりました。

この人の想いに応えてあげたい。

この人を気持ちよくしてあげたい。

その思いに押されるまま、ただひたすら……真っ赤に充血して大きく張り出した亀頭に舌をからめ、笠の縁に沿ってニュルニュルとねぶり回し、ジュッポリと喉奥まで深く呑み込むと、大きく頭を振り立てながら激しくしゃぶり倒しました。

「あっ、奥さん、そんな……す、すごすぎる……」

目を閉じて、しばし夢見心地でその快感に身をゆだねていたEさんでしたが、

「ああ、だめだ！　ヤバイ！　奥さん、今度はこっちの番ですよ」

そう言って私をベッドの上に押し倒すと、むさぼるように乳房を揉みしだき、さん

ざん舐め吸ったあと、女陰に顔を埋めてきました。

そして、唇と舌、果ては時折歯まで巧みに操りながら、これでもかと私の肉豆と肉ひだ、さらにはその奥の肉壺まで愛し、可愛がってくれたんです。

「はぁ、もう、もうダメ……きてぇ！」

「ああっ、奥さんっ！」

とうとうEさんの想いの丈で、深く激しく貫かれ、私は彼が果てるまでの十五分ほどの間に、三度もオーガズムを味わってしまいました。そして、さらにそのあと、彼の二発目発射までの間にもう二度……！

もうイキ疲れて体はくたくたでしたが、それはここ最近感じたことのない、満足感に満ち満ちた疲労感でした。

魔がさしたとしか言いようのない私の愚行が招いた、とんでもない出来事ではありましたが、結果、忘れられない素敵な思い出となった一日だったんです。

■華奢な彼の体から想像もできないほど、そのイチモツは太くたくましくて……

息子の家庭教師に犯され悶えた昼下がりの悦楽

投稿者　北村沙弓（仮名）／35歳／専業主婦

ピンポーン……玄関のチャイムに思わず心躍る。

「大輔ー、陸先生がいらっしゃったわよ～」

よそ行きの声を出しながら玄関ドアを開けると、そこにはいつものイケメン家庭教師の陸先生が立っている。

「こんにちは、お邪魔しまーす」

その涼し気な目元、美しい顔立ちをじぃ～っと見つめたい衝動に駆られながら、

「さぁどうぞ。お待ちしておりました。大輔～、ほら、何してるのー？　先生いらしたわよ～～」

私は平静さを装う。

「やぁ～先生～～ごめんごめん、今、先生の宿題やってたとこ」

大輔が頭を掻き掻き、部屋から顔を覗かせた。

「え。おまえ三日もあったのに遊んでたのかぁ？　中学受験ホントにやる気あんのかぁ？」

陸先生はハァッと、ゲンコツ振り回すフリをしながら笑っている。

「あとでお茶をお持ちしますね」

大輔の部屋へ入る陸先生の背中に私は言った、またよそ行きの声で……。

『先生は全て一流大学の学生のみ』を謳った家庭教師協会に入会したのは一ヶ月前。ボサボサ頭で黒縁の眼鏡をかけた、少し太めの学生が来るのだろうと、なぜか勝手に想像していたものだから、陸先生が初めて我が家にやってきた時、私は軽く悲鳴をあげたのだった。

『なんて素敵でイケメン男子なの！』

毎週火曜と金曜日、陸先生が来る日は、私はまるで恋を知ったばかりの中学生のようにソワソワドキドキ。陸先生はそんな私の気持ちなど知るよしもなく、勉強中にお茶とケーキを持って行っても「あ、ども、いただきます」と頭を下げたまんま参考書から顔も上げない。まぁ、そんなクールな素振りも私好みなんだけどね……。

週二日だけ、私の心の密かなプラトニックラブ。ずっとず～っと続けばいいなと思っていた、そんな矢先、夏休みに入って十日目のことだった。

ピンポーン……、

「え、陸先生⁉　あの、今日はお休みにして下さいと連絡入れたのですが……」

「あ、メールもらってましたか？　すいません、見てないなぁ」

陸先生は困り顔で頭を掻いている。

「いえ、こちらこそ急な変更をお願いしてしまって……主人が急に休みが取れたものですから、大輔を連れて伊豆まで釣りに行ってしまったんですよ。まぁとにかくお上がりください、暑かったでしょ。今、麦茶入れますね」

「へぇー釣りか、いいなぁ。そういや、大輔くんの部屋に魚拓飾ってありますよね。あ、いただきます……」

陸先生は遠慮がちにリビングルームに入ると、ソファに腰かけながら、背負っていたリュックを降ろし、私の手から麦茶のガラスコップを受け取った。

ゴク、ゴク、ゴク……喉を鳴らして美味しそうに飲む陸先生の横顔を、思わず盗み見てしまう私。

「じゃあ、今夜はお魚づくしの晩ご飯ですね」

「ううん、伊豆には主人の実家があるから、今夜はそちらに泊まるのよ」

「……ってことは、今夜は一人なんですね？」

そう言うや否や、陸先生は私の右手を摑んで自分のほうへ強く抱き寄せた。

「きゃっ」

心のどこかで期待してた通りになった、目をつぶれば、おそらく優しくキスしてくれる……そう思ったのだが、次の瞬間、陸先生は私をソファに押し倒しスカートをたくしあげ、一気にパンティを足首までずり下ろした。

「や、やめて……」

思いがけない一瞬の出来事に、恐ろしさと恥ずかしさで声が震える。

体に力を入れて拒んだけれど、彼はフフフと笑いながら、私の両膝を持ち上げて左右に大きく広げた。

「い、いやっ！」

レースのカーテン越しに煌々と陽が射している、私の秘部はおそらく丸見えだ。

「毛深くてよく見えねーや、おマ○コの中」

彼はまた隠微に笑いながら、右手で私の秘毛を搔き分け、一気に指が性器の中へ。

「や、やめて、陸先生……」

「ふん、本当はこーゆーのが好きなくせにぃ。その証拠に、ほらこの音！」

クチュ……クチュ……クチュ……と私の膣内で卑猥な音が満ちる。

乱暴に指を入れられ中で掻き回されていくうち、私は知らぬ間に感じてしまったようだ。力がすっかり抜けてしまった私は、だらしなく足を開き彼にされるがままになっている。それを見計らった彼は私のTシャツとブラジャーをゆっくりめくってチュウ～と乳房を吸い始めた。

「あ……あふ、あふ……」

私の性感帯の乳首を舌で突き上げられていくうち、

「わぁ……すげぇ～、溢れてきた、マン○汁……ソファまで濡れてる～」

嬉しそうに言いながら、彼はGパンとボクサーパンツを脱ぎ、大きくそそり立ったペニスを、生い茂った私の草むらの中へと挿入した。

「おお～……お……いいよ……あああ、あったけぇや……」

「わた……しも、いい……せんせい……もっと奥まで入れて……」

「こう？」

「ああっ！　う、うん……入ってるぅぅ……」

淫らな言葉を交わすと余計に燃え、私の膣から愛液がどんどん溢れ出てくる。彼の付け根の部分までびっしょりだ。彼は、自分のモノが私の中へ入ったり出たりする様子を私の両脚を腕で支えたまま、面白そうに眺めている。

「ねぇ、私の上に来て……」

そう囁いても無視している、正常位のセックスを楽しもうとしているわけじゃないらしい。彼は私を犯したいのだ。

そう思うだけで、また体が疼き、私の膣から愛液が流れ出る。

華奢な彼の体から想像もできないほど、そのイチモツは太くたくましい。しかも、なんてタフなの。ピストン運動は少しも止まず、まるで一万メートル全力疾走だ。

「ああ、いい、いく……いく……」

私の体は悦びのうちに果てた。でも彼は、

「まだまだぁ～、まだまだぁ～～～」

更に加速し、股間からパシュッパシュッと何かが弾け飛ぶような音がしている。

「んぁ……んあ～～～んあ～～～」

異常なまでに腰を振って彼が果てた時、私もまたイキ果てた。

ハァハァハァハァ……ミーンミーン、ミーンミーン……。

窓の外でセミがやかましく鳴いている。日はまだ高い。

エアコンの温度を下げないと、二人とも脱水症状を起こしてしまいそうだ。私はおもむろにテーブルの上のティッシュ箱を彼に渡した。彼は数枚それを取って秘所を拭

きながら、

「実はメール、見たんだ。大輔が今日、お父さんと旅行いくこと知ってて来たんだ」

荒い息をしながら、陸先生はそう言った。

「ほんと？　嬉しい。……ねぇ、今夜、泊まっていく？」

「え？」

「今のは先生のしたかったセックスでしょ？　今度は私の番よ。私のしたいように……ねっ？」

「あ、うん……」

さっきまでの猛々しいオオカミは、途端に従順な飼い猫のようにソファの上でおとなしく正座している。パンツも穿かずに。

「喉、渇いたでしょ？　コーラでも飲む？」

キッチンに向かいながら。

さて今夜、陸先生をどんな風にいたぶってやろうかしら……そのことを想像するだけで、また私の股間はしとやかに湿ってくるのだった。

■もう雨なんだか愛液なんだかわからないくらい、アソコはグジュグジュ状態……

土砂降りのビル外階段で求め合うまさかの非常カイカン

投稿者 市井恵美（仮名）／28歳／OL

私、同じ課の先輩社員、Nさんともう三年も不倫関係にありました。

鈍い夫のことだから、ずっと知られていないものと高をくくっていたんですが、それは大間違いでした。

ある日、面と向かって、

「おまえ、会社のNって奴とデキてるんだってな。調べはついてるんだ。さあ、どうしようか？　このまま離婚してこのマンションを追い出され、さらに、当然おまえが俺に慰謝料を払うのもよし。でも、もしおまえが相手ときれいさっぱり別れて、金輪際もう二度とこういうことはいたしませんと約束するんだったら、すべてなかったことにしてやってもいい」

私は頭の中が真っ白になってしまいましたが、

「さあ、どうする？」

夫にそう決断を迫られ、私はとうとう、

「わかりました。相手とは別れます。もう二度と不倫はしませんと約束します。だから……許してください！」

と、涙ながらに答えてしまっていました。

夫は某一部上場企業の幹部候補生で、いわゆるエリート。共通の知人の紹介で知り合い、結婚したものの、普通だったら家柄も特別よいわけでなく、容姿も十人並み。なんのとりえもない中小企業のＯＬの私にとっては高嶺の花といってもいい相手でしょう。そんな将来の安泰が約束された結婚生活を死守すべく、私は夫に対してＮさんとの別れを誓っていたんです。

「よし、じゃあ明日だ。明日、奴に別れを告げて、その証拠としてスマホのアプリでやりとりを録音してこい。いいな？」

「……はい」

そう答えるしか、私に選択肢はありませんでした。

翌日は、朝から激しい雨でした。

私より先に家を出るため、玄関で靴を履きながら、夫は、

「いいか、わかってるな？」

と言って、例の約束の念を押し、

「……はい、わかってます」

私はそう応え、夫を見送りました。

それから二十分後、私は家を出て、電車に乗って勤め先へと向かいました。

本来、夫の稼ぎだったら、私は余裕で専業主婦をやっていればいい家計なんですが、社会に出ていつも刺激を受けていたいという私の希望で、結婚後も会社を辞めることなく働き続けて……それがこういうことになってしまっても、「もう会社は辞めろ」とは言わない夫に対して、私は感謝の気持ちを感じていました。

よし、Nさんとはちゃんと別れよう。

気持ちを強くもって、お昼休みに彼に意思を伝えたのでした。

でも、Nさんの答えは、

「いやだ！　絶対に恵美と別れたくない！」

そう言って、私が置かれた状況など関係ないとばかりに、ただ自分の要望をまくしたてるだけでした。彼だって既婚者で、小学生の娘までいるのですが……。

「そりゃあ私だってNさんのことは好きだけど……しょうがないじゃない。ちょっとは私の事情だって考えてよ！」

「わかった、わかった！　な、あともう一回だけ話し合おう。二時間後、六階の外非常階段で。な、頼むよ！」

ちょっと待ってよ、こんな土砂降りだっていうのに、そんなところで……私は異を唱えようとしましたが。彼ときたらもうすごい剣幕でさっさと行ってしまい、私はただその後ろ姿を呆然と見送るしかなかったんです。この間、やりとりをスマホで録音していましたが、これでは夫の言うところの証拠の体をなさないでしょう。

仕方なく二時間後、周囲の皆には適当に用事を言い繕って、私はNさんから言われたとおり、六階の外非常階段へと向かいました。

中からドアを開けるや否や、激しい雨の上にそれなりに強い風も合わさって、私の全身に襲いかかってきました。

「ひゃあ〜〜っ！」

これじゃあビショ濡れになってしまいます。

私はたまらずビル内に戻ろうとしたのですが、ぐっと手を掴まれ、その場に押しとどめられてしまいました。もちろん、Nさんでした。

先に来ていた彼は、もうすでに全身ビショ濡れで、ぐっしょり、たっぷりと水を吸って重たくなったスーツ姿のまま、私を抱きしめてきました。

「ちょ、ちょっと、Nさん……こ、こんなところで……やめてぇっ！」

私は必死で叫び、抵抗しようとしましたが、Nさんは聞く耳を持たず、会社の制服の上から私のカラダをまさぐって乳房を揉みしだき、めくり上げたスカートの中に手を突っ込んで、太腿を撫で回してきました。

「いやっ、やだったらぁ！」

さらに叫び抗う私でしたが、激しい雨風のために、ビル内の誰に聞こえることもないでしょう。また、こんな時に偶然、外非常階段を使う人がいるとは考えられません。

「ああ、恵美……恵美ぃっ……」

Nさんはそう喘ぎながら私を非常階段の上に押し倒し、制服の前をはだけ、肌を露出させていきました。

今は七月。決して冷たくはないけど、肌を打つ激しい雨滴の痛みを感じながら、私はNさんの情け容赦のない荒々しい愛撫で全身を揉みくちゃにされていました。

「ああっ、だめ、Nさん……んああっ……ごぶっ！」

声をあげて抗おうとすると、開いた口の中に雨が降り注いできて、まるで溺れるような切迫感が襲いかかってきました。

Nさんはそんな私にかぶりつくようにキスをすると、口中に溜まった雨水ごとジュルジュル、ングングと唾液を啜り飲んできました。

土砂降りの雨に激しく打たれながら、そんなふうにむさぼられていると、そのうち、私は言いようのない興奮と酩酊を感じるようになっていきました。

ああ、なんだか……ものすごく、感じちゃう……はぁっ！

今や、はだけられた制服ジャケットの下、白いブラウスもボタンを外され、内側のブラジャーも上側にたくし上げられて、Nさんの手が私の生乳を搾り込むように揉み立て回していました。絶え間なく降り注ぐ雨と、吹きすさぶ風の中、私の意識は朦朧としてきてしまいます。

「ああ、恵美、好きだよ……愛してるっ！」

とうとう、Nさんの手によってスカートの中からパンティが引きずり下され、片方だけ足が引き抜かれた状態で、足首に引っかかって……もう雨なんだか愛液なんだかわからないくらい、グジョグジョのグチュグチュ状態に濡れ乱れた私のアソコに、ひときわ熱い昂ぶりが押し入ってきました。

「恵美、恵美……ああっ！」

「ああん、Nさん……あ、ああっ……」

慣れ親しんでいるはずの彼のペニスでしたが、この時はかつてないほど硬く大きく、そして気持ちよく感じてしまいました。

全身ビショ濡れになりながら、あられもなく交わり、むさぼり合って……私とNさんはとうとうお互いにイキ果ててしまったのでした。

そのすぐあと、雨は上がりました。

Nさんはきれいさっぱり、すべてを悟りきったような表情で、私の別れの要望を受け入れ、そのやりとりは今度こそ間違いのない証拠として、スマホに収められたのでした。

正直、Nさんとの関係にまだ未練のある私でしたが、その後、夫との約束どおり、貞淑な妻として日々を送っています。

■私は亀頭から竿、玉袋、そして肛門まで、飢えたケダモノのようにしゃぶりまくり……

病院内で繰り広げられる禁断の被虐エクスタシー

投稿者 日浦かなえ（仮名）／27歳／医師

私は内科を専門とする女医だ。

父が院長を務める、地元ではそれなりに大きな病院に勤務している。

もちろん、大勢いる医師の中ではまだまだ駆け出しのひよっこなのだが、やはり院長の娘であるという境遇上、まわりはそのようには扱ってはくれない。「お嬢先生、お嬢先生」と呼んで、若い看護師など言わずもがな、年配のベテラン医師までが私をまるで腫物に触るかのように丁重に扱い、猫なで声でご機嫌をとろうとするのだ。

おまけに病院の事務局長をやっている夫（三十四歳）は婿養子で、完全な父のイエスマン。とにかく父に絶対服従で、これじゃあ私と結婚したのか父と結婚したのかわかったものじゃない。

ああもう、こんなのうんざりだ。

私はもっと、インターンを終えたばかりの新米医師という現実に相応しく、厳しく人使い荒く扱ってほしい……人妻としてもっと愛されているという実感がほしい……そんな誰にも言えない鬱屈を胸に抱えながら生きていたのだ。

だから、家庭の事情で病院を辞めていった外科のI先生の欠員補充として、新しくS先生がやってきた時、私は言いようのない気持ちの昂ぶりを感じてしまったのだ。

S先生は三十二歳。人気俳優の斉〇工を思わせる、長身でクールなイケメン。幼稚園児の娘さんが一人いる既婚者だが、彼がやってくるや否や、院内の女どもは色めき立った。

あたし、S先生となら不倫してもいい！

S先生になら遊ばれてもいい！

まったく、盛りのついたメス犬とはまさにこのことだが、たしかに、彼のまるで人をさげすむような冷たい視線と邪険な態度は、女心の中に潜む被虐心をくすぐられるような、ほの暗い魅力に彩られていることは否定できなかった。

そう、ひょっとしたら、私がいちばんそのトリコに……？

S先生の歓迎会の席、ちょっと高級な居酒屋の店内。

私は、なんだかんだ言いながら、無意識のうちに院長の娘特権を駆使し、彼のすぐ隣りの席を確保した。ふと夫のほうを見ると、例によって私の父親べったりの、まるで太鼓持ち状態だ。気にかける心配はなさそう。

私はS先生のグラスにビールを注ぎながら言った。

「先生、院内の女子に大人気みたいですよ？　先生となら不倫したいって」

すると彼は、私の言葉を鼻で笑うと、

「くだらないな～。僕は妻をこの世でいちばん愛してるから、その他大勢のオマ○コなんかまったく興味ないけどな」

……オマ○コ！　いきなりのあけすけ発言に動揺している私に向かい、

「なに、〝お嬢先生〟も同じクチ？　僕にいじめられたいってか？」

と、不敵な笑みを浮かべながら言い、こっそり腰に手を回してきた。

驚くと同時に、もう、完全にハートを射抜かれてしまった。

未だかつて、院内で私に対してこんなことを平然とやってのける人間なんて、誰ひとりいなかった。

それは、優秀な外科医だと評判の高い自分が、もし私や父の不興を買ってクビになったとしても、他にいくらでも来てほしいと言ってくる病院はあるという自信ゆえの言動だったかもしれないが……その怖いくらいに冷徹な光を湛えた瞳を見ると、彼の天性のドS性を痛感せずにはいられなかった。

翌日から、むしろ彼のほうから私への積極的なアプローチ、というか、ちょっかいが始まった。

私が診察を終えて、自販機で買ったコーヒーを廊下の壁に寄りかかったまま飲んでいると、スス스と近寄ってきて、

「当てようか？　今日、あんた、ノーブラだろ？」

と脇で囁くや否や、診察着の白衣の上からサスッと私の胸の膨らみのラインを撫でてきたのだ。あまりに突然の、しかも図星なことに彼の言うとおりだったので、白衣と薄いブラウス生地だけという心もとない隔壁越しに乳房を刺激され、私はビクビクッと震え、感じてしまった。

「おお、チビなくせに、僕の見立て以上に、いい胸してるじゃん。F……いや、Gカップはあると見た。どう、図星？」

……はい。

実は私のほうも確信犯だった。

いつ、どこでS先生と接触してもいいように、いや、接触できることを願って、今日は勇気を出して、ノーブラの臨戦態勢で勤務に臨んだのだ。

「ふふ。図星だよね？　じゃあ、こ～んなこともしちゃおうかな」

S先生は、前に立ちはだかって百五十二センチの身長の私を見下ろすようにすると、少し開いた私のブラウスの胸の谷間に、フ～ッと熱い息を吹き込んできた。

とたんに、中心から両方の乳房にかけて熱い昂ぶりが広がっていって……私は壁に寄りかかったまま、その場にくずおれそうになってしまった。

周囲に数人いた患者さんたちが、怪訝そうな目でそんな私たちを見ていた。

そのことを十分意識しながら、S先生は聞こえよがしに言った。

「おや、日浦先生、どうしました？　風邪でも引いたんじゃないですか？　薄着もほどほどにね」

私は羞恥と興奮で、全身がカッと火照るのを感じた。

そんな、ジリジリするようなニアミスというか生殺し的やりとりが続いた数日後、ついにその決定的な日はやってきた。

診察時間終了後、私は調べものをするべく院内の書庫に向かったのだが、それなりに広い室内で一人、資料書籍のページをめくっていると、突然照明が落ちて、ほんのかすかな非常灯の灯りだけという状況になってしまったのだ。

私は驚くと同時に、でも事態を察していた。

S先生が来た。

私を本格的にいたぶるために。

ガチャリとドアが内側からロックされる音が聞こえたかと思うと、背後からコッコツと靴音が近づいてきて……私は覆い包まれるように背後から抱きすくめられていた。

「よう、お嬢先生。お待ちかねの時間がやってきたよ」

「あ、ああ……S先生……」

これから始まる仕打ちへの期待で、私の声は完全に上ずってしまっていた。

「ずっといじめられたかったんだろ？　メス犬のように扱われたかったんだろ？」

「……は、はい……」

「よし、じゃあまずは、俺の前にひざまずいて、しゃぶれ」

「あ、ああ、はい……」

心を完全に支配された私は、もう抗えない。

いや、抗うどころか、喜々として言われたとおりにひざまずき、彼のズボンと下着を引きずり下ろして、露出したその大ぶりなペニスを咥え、亀頭から竿、玉袋、そして肛門まで、飢えたケダモノのように舐め、しゃぶりまくった。あまりにも一生懸命唾液を出して励んだものだから、たっぷりと溢れたそれがダラダラと彼の内腿を伝って垂れ落ち、リノリウムの床面にツバだまりを作るほどだった。

「う……む……ふぅ、ほら、手が遊んでるぞ。口だけで咥えてしゃぶりながら、手で胸とマ○コをいじってオナニーしろ」

「ふ……ふはぁい……」

私は言われたとおり、彼のペニスを無我夢中で舐めしゃぶりながら、右手で乳房と乳首を、左手でアソコをいじくり、揉みくちゃにした。

もちろん私のそこからも淫らな汁が溢れ出し、内腿を伝って流れ落ちていき、先の唾液と合わさって、もう床面は大量のローションをぶちまけたかのような有様だ。

すると、だんだんとS先生の息遣いが荒くなってきた。

私の口の中のペニスも、もう爆発せんばかりに硬く大きくいきり立っている。

と、いきなり私は肩を掴まれ立ち上がらされ、スチール製の書庫に向かって両手をつかされると、グイッと腰を後ろに引っ張られた。

さっきのオナニーの時にもう下半身はスッポンポンになっているので、今や私が身に着けているのは、上半身のはだけたブラウスと白衣のみ。

そこへ背後からS先生のペニスが突き入れられてきた。

ヌブ、グチュウ、ヌズズ、ブジュ、ジュブブ……ズッチャ、ヌッチャ……パン、パン、パン、パン……！

「ああっ、はひぃ、んはっ、くはぁ……！」

「ほらほら、これが欲しかったんだろ、メス犬がぁ！　女医だなんだいっても所詮、一皮むけば淫乱な肉壺だぁ！　おらおら、イキ狂っちまえ！」

「ああ、あああん、あっ、あっ、あっ……！」

私は未だかつて感じたことがないほどのエクスタシーの大波の中、S先生に激しく突かれながら、何度も何度もオーガズムに達してしまった。

最後に、先生が大量の精を私の中に流し込んだ時、十回近くはイッてしまっていたのではないだろうか。

それから、月に一回はS先生とのプレイに興じるようになった。

彼にいたぶられ、イカせてもらうことで、前よりもずっと精神的に落ち着けたような気がする今日この頃だ。

■義母は年齢に似合わぬ形のいい乳房を露わにすると、私の胸に押しつけてきて……

嫁姑の確執を超えた魅惑のレズビアン・エクスタシー

投稿者　北川舞子（仮名）／30歳／専業主婦

まさか、まさか……です。

嫁いだ先のお姑さんがレズビアンだったなんて！

大学を卒業してからずっとOLをしていた私でしたが、いよいよアラサーを迎え、がぜん結婚を焦りだしました。が、まわりを見回しても適当な相手が見当たらず、とうとう上司の紹介で見合いをし、ようやく五才年上の公務員男性という、それ相応の男性を見つけることができたんです。

一人息子の彼は三年前に父親を病気で亡くし、六十歳の母親と実家で二人暮らしということで、否応もなくそこへ同居という形になりました。

初めて義母に会った時、私はそのあまりの美しさにびっくりしてしまいました。にわかには六十歳などと信じられない若々しさな上に、『科捜〇の女』の沢口〇子を彷彿とさせる美貌で、こりゃまあダンナもちっとはマザコン気味になるわなあ、というのが正直な感想だったくらいです。

そして始まった同居生活は、いたって順調なものでした。

ジャニーズ好きだという義母は本当に気持ちも若くて、気さくで話しやすく、ああ、これなら世間でよく聞く〝嫁姑の確執〟なんて心配もないかなあと、ホッと胸を撫で下ろす私だったんです。

ところが、その気さくさの本当の理由が、結婚してから半年後、ついに判明してしまったんです。

その日、夫は他県の役所の視察ということで二泊三日の日程で出張に出かけ、初めて私と姑だけで過ごす二晩ということになりました。

さすがに夫がいないと、料理を作るにもちょっと緊張気味の私でしたが、夕飯の食卓で私の手料理を食べた義母は、美味しいといってすごく褒めてくれて、おまけに、

「ねえ、今日は初めての女同士の晩餐っていうことで、記念に二人でワインでも飲んじゃいましょうよ！　いいでしょ？」

と、ご機嫌な様子で言ってくれて、私はもちろん断る理由もなく、義母が注いでくれるロゼをぐいぐいと呷ってしまいました。いや、根が好きなもので……。

そのうち、ああ、だいぶ酔ってきたなあ、と自分でもわかるくらいにアルコールが

回り、すっごく気分よく全身がふわついてきた時のことでした。

「ねえ、舞子さん、隣りに行ってもいい？」

と義母が言い、私が返事をする間もなくテーブルの対面からサササッとすぐ横に移動してきました。

私はその行動に一瞬、違和感を覚えましたが、さして気にすることもなく、引き続き義母から注がれるロゼをグイグイと飲んでいました……が、さすがに次の義母の行動には面食らいました。

「舞子さん、だ〜いすき！」

と言って、自分の頬を私の頬にぴったりとくっつけてきたんです。

（ええっ、な、何これ⁉）

と、ドギマギしてしまいましたが、あくまでこれがお義母さんの愛情表現、と気を取り直して平然さを装おうとしました。が、今度はそのままさらに頬にキスをされてしまい……さ、さすがにこれは……！

「お、お義母さん、わかりましたから、ね？　ちょっと離れてくださ……」

と、体を離そうとしました。

が、義母は離れるどころか、私の体に手を回して抱きしめてきて、今度はもろに唇にキスしてきたんです！

「んぐっ……んん、んぐふぅ……んぶっ……ぷはぁっ！」

「ああ、舞子さん、やっとこの日がやってきた……もうずっとあなたとこうしたかったのよ！」

呆然としている私に向かって、義母はさらに言いました。

「あのね、正直に言うけど、私の本当のセクシャリティって本当は、レズビアンなの。男よりも女のほうが全然好きなのね。でもほら、今はＬＧＢＴとかっていって、それなりに性の多様性に関して寛容になってる世の中だけど、私らの若い頃はまだまだそういうのって全然認められなくて……本当の自分を押し殺して人並みに結婚するしかなかったのね」

なるほど。ワインの酔いと、曰く言いがたい義母のフェロモンが混ざった酩酊感の中、私は告白を聞き続けました。

「でも、私もそろそろ自分の好きなように人を愛してもいいかなって……舞子さん、あなたとの結婚を決めたのは息子じゃなくて、実は私なのよ。お見合いの釣り書きの写真を初めて見た時、一発であなたのこと、気に入っちゃったのよ～！」

そう言うと、また深々と熱いキスをかまされて。

ああ、いわば私、お義母さんと結婚したっていうこと？

すべてを悟ってしまいました。

「さあ、だからね、これからますます嫁と姑が仲良くしていけるよう、今日はちゃんと絆を結びましょう？　私と舞子さんの固くて太い……そして気持ちいい絆をね」

義母のキスはますます激しく大胆になり、からみ合った双方の舌がヌチャヌチャと音を立てて、だらだらと唾液が溢れ出て、口から顎、そして首筋へと滴り落ちていきます。義母はそれを追うかのように私の鎖骨の辺りまで唇を這わして、慌ただしくブラウスのボタンを外し、現れたブラの谷間まで舐め回してきました。

「ああ、舞子さん、張りがあって白くて、本当にすばらしいオッパイだわ。どれだけこれを味わいたかったことか……とってもすてきよぉ！」

義母はとうとう私のブラを剝ぎ取ってしまい、自分も上半身裸になって、年齢に似合わぬ形のいい乳房を露わにすると、私の胸に押しつけてきました。淫らで妖しくて……えも言われぬ心地いい感触が、乳首と乳房を満たしていきます。

「あ、ああ、お、お義母さん……こ、こんなの、あ、はじめ……て……」

「うふふ、ね？　女のカラダって気持ちいいでしょう？　あんな男のごつくてデリカシーのない体なんて、目じゃないわよ」

そんなことを言いながら義母はさらに私の服を脱がしていき、気がつくと私たち、リビングの毛足の長い絨毯の上で、お互い素っ裸で抱き合っていました。

そして、双方の恥丘を舐め合いました。

義母の女陰は、思いのほかきれいで鮮やかなピンク色で、私の下のうごめきに合わせて、ピクピクと震え、淫らな粘液を溢れさせました。

「ああ、いいわぁ、舞子さん……ううん、舞子さんのも美味しいわぁ」

義母の舌遣いはもう見事なまでに巧みで、女の快感のツボを知り尽くしているかのようでした。私もあられもなく感じ悶えてしまったんです。

「あ、ああ……お、お義母さん……んあああっ！」

「あふん、舞子さん……あひぃっ！」

それから一時間あまり、私と義母は何度も何度も達してしまいました。

たしかにこれで、私と義母がケンカするようなことは今後ないかもしれませんが、今度は夫のことが、どうでもよくなってしまいはしないかと、ちょっと心配な私なんです。

第三章・アバンチュールに乱れて

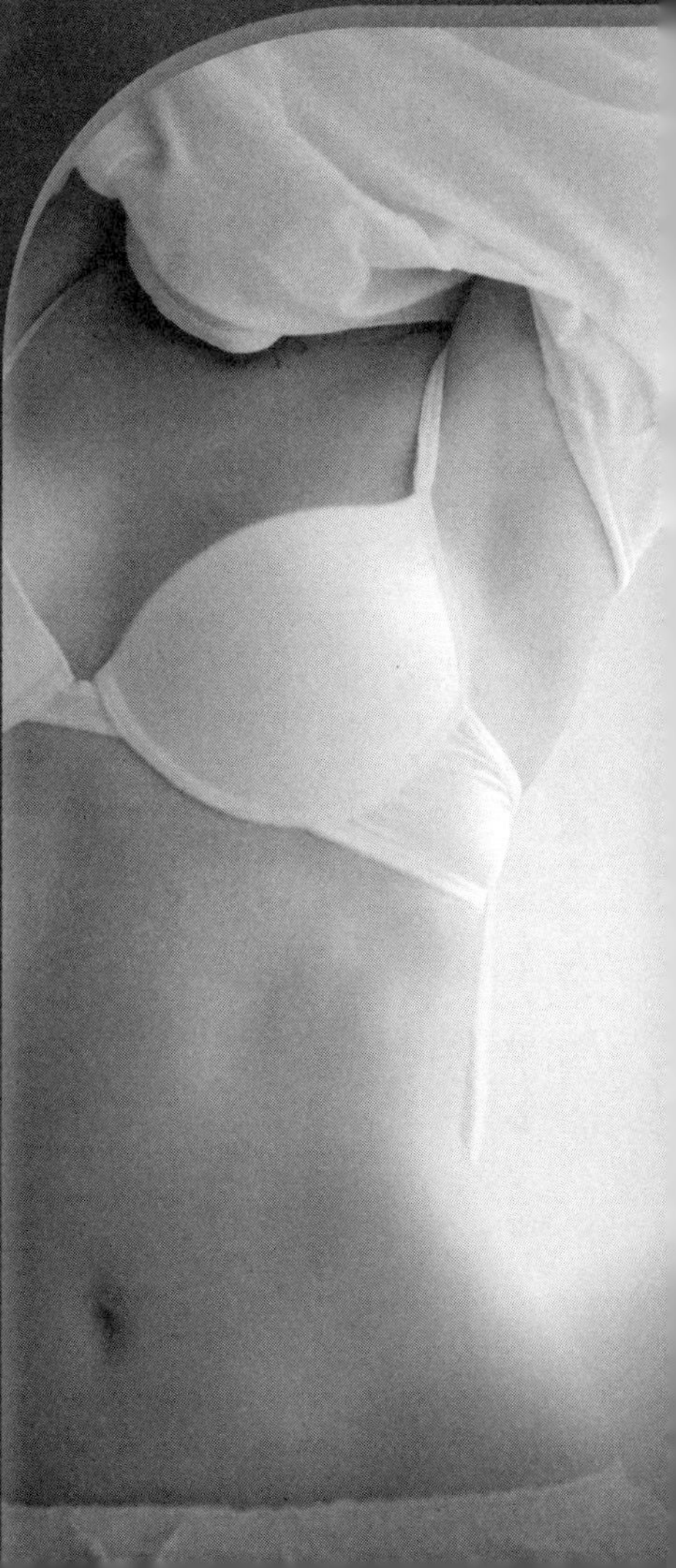

■後ろの痴漢はブラウスのボタンを外して私の生乳に触れ弄んで、前の奴も強引に……

ダブル痴漢の餌食となった通勤電車内悶絶体験！

投稿者 境ゆかこ（仮名）／26歳／OL

その日は、もう朝から最悪続きだった。

とってもつまらないことで夫とケンカして、そんなゴタゴタでまともに朝食をとることもできず、化粧も満足にしないまま、会社へ行くため家を飛び出て駅へ走って一目散。ようやくいつもの時間の通勤の満員電車に乗り込めてホッとしたのもつかの間、まさかまさかのブラジャーの付け忘れが発覚！　さすがにこれは初めての不覚。ほんと、自分で自分がいやになっちゃったわ、グスン。

だけど、今となってはもう遅い。どうにかできるわけもなく、ひたすら目的駅に着くまでの三十分間、しのぎきるしかないわけで。

私はブラ未装着のおかげで、生乳の上に薄いブラウス一枚とジャケットを羽織っただけの敏感な上半身が、なるべく周囲の満員の乗客たちに触れないように両手でギュッとガードしつつ、手近の金属の手すり棒に摑まって踏ん張った。

と、一つ目の駅に停まって再び電車は動き出し、次の停車駅まで十八分間ノンストップという急行区間へと入っていった。今の自分の状況だと、できるだけ乗客の乗り降りがないほうが余計な接触も少なく、助かるというもの。ホッと一安心しつつ、スマホからイヤホンでお気に入りの音楽を聴きながら、電車の揺れに身を任せた。

と、その時だった。

その、問題の敏感な上半身……ほぼ無防備な胸部に妙な違和感を感じたのは。

ちょっとちょっと、なんなのよ⁉

その違和感は、明らかに意思を持った動きで私のジャケットの前を掻き分け、薄いブラウスの生地の上から乳房のラインをなぞるようにうごめいていた。

えっ、よりにもよってこんな時に……痴漢⁉

今日の運の最悪さは、いまだに続いていたらしい。

どうやら痴漢野郎は私の背後にぴったりと密着して立っているらしく、後ろから回された二本の腕が、最初は恐る恐る胸の膨らみのラインを撫でていたのが、ノーブラだというのがわかった瞬間、ぎゅむうと鷲掴んできた。

ああっ、ちょっと、やめてよぉ……そんなふうにされたら……っ！

痴漢の手はブラウスごと私の乳房を揉みしだき、時折乳首を指先で摘まんでしごくようにしてきて……これがまた、直接されたらきっと痛みの感覚のほうが勝るだろうに、ちょうどブラウスの生地一枚が挟まることによって、ちょうどいい緩衝材となって、絶妙の快感をもたらしてくるの。

くりくりり、きゅむきゅむ……左右の乳首が絶え間なく弄ばれ、もうどうしようもなく気持ちよくなってきちゃって……でも、絶対に声をあげるわけにはいかない。

私はカラダ全体を火照らせ、息を喘がせながら、だらだらと滲み出す汗をどうすることもできなかった。

と、その時、さらに信じられないことが起こった。

なんと、背後の痴漢とは別に、私のすぐ前に立ちはだかったスーツ姿の男が、ぴったりと体を寄せてくると、下から手を私のスカートの中に忍び込ませ、股間をきゅうきゅうと押してきたのだ。もちろん、下はパンティもストッキングも穿いた完全装備だから直接の接触ではないものの、なにしろ同時に胸を責め立てられているものだから、その刺激と相まってアソコの性感に火がついてしまうのは簡単だった。

ちょっ、やだ……ヤバイよ、こんなのって……ああん、ダメッ、か、感じちゃうんだってばあ！　あん、はふ、くふぅぅ〜〜〜……！

際限なく盛り上がるエクスタシーに、私の心の声はもうあられもないほど喘ぎっぱなし。前後を二人の痴漢によってガッシリと挟み押さえられてなければ、膝がガクガクしてその場にくずおれちゃいそうなくらいの快感酩酊状態！

そして、今気づいたけど、私の前の痴漢ってば、なんでこんなにハゲでデブで不細工なの〜〜〜!?　ひょ、ひょっとして、後ろのほうも……あちゃーっ、やっぱりぃ〜〜！

私ってば、普段なら鼻も引っ掛けないようなイケてない男二人にいいようにカラダを弄ばれちゃってるなんて……そんな皮肉な状況を思うと、なんだか言いようのない被虐的な興奮を覚えちゃって、ますます無性に気持ちよくなって……！

あ、ちょ、ちょっと待って！　そ、それ以上はマズイって！

なんと二人の痴漢の行為はさらにエスカレート！

後ろの痴漢はブラウスのボタンを外して、とうとう私の生乳に触れ弄んで、前の奴も強引にパンティとストッキングをこじ開けるようにして、私のいやらしい生肉に直接指をねじ込んできた。

そして、上下で同時に激しい責め立てが始まった。

どうやら自分のつばを付けて湿らしたらしい指先でネチネチと乳首をしごかれ、こね回され……節くれだった指先が濡れた生肉の中を掻き回し、えぐってきて……。

「はっ……んくっ、ふぅぅぅ……」

とうとう私、声をあげちゃった。

もちろん、精いっぱい低く抑えたものだったけど、その瞬間、周囲の他の乗客が何事かと辺りをキョロキョロと窺ったのがわかった。

ああ、もうダメ、限界……これ以上されたら、私きっと恥も外聞もなく大声あげて悶えまくっちゃう……！

そう切羽詰まったその時、やっと電車が次の停車駅に止まった。

すると、さささっと二人の痴漢は私から離れ、電車を降りていった。

それから二十分後、私は会社のトイレの中でドロドロに乱れた下着の始末をし、なんとか身支度を整えて始業に間に合わせた。

いや、もう最悪であり、正直、最高でもある体験だったわ。

■課長はお湯の浮力で私の体を持ち上げ、パックリと開いたアソコに巨大ペニスを……

夫の罪の代償に上司に肉体関係を強要された私

投稿者　島岡里佳子（仮名）／34歳／専業主婦

二階の子供部屋でようやく三歳の息子を寝かしつけ、一階のリビングに下りてきた直後のことでした。時刻は夜の九時過ぎ。

玄関のチャイムが鳴り、夫ならばいつも事前に帰るコールがあるのに今日はそれもなく、かと言ってこんな時間に来訪客など考えづらく、やはり連絡をしそびれた夫だろうと見当をつけて、対応に出た私でした。

が、玄関ドアの向こうにいる相手を確認して、驚きました。

夫の上司の高田課長（四十歳）だったのです。

もちろんこれまで、会社関係のパーティーや結婚式等で三～四回の面識はありましたが、自宅まで訊ねて来られるのは初めてのことです。

「課長さん！　こんな時間にどうなさったんですか？　お一人ですか？」

夫が一緒であればまだ話はわかりますが……怪訝に思って訊ねると、

「いや、奥さん、実は今日はご主人の……島岡くんのことで大事な話があって、突然伺った次第です。あの、上がらせてもらってもいいかな?」

「あ、はいっ、失礼しました。どうぞお上がりください」

私は慌ててスリッパを出して、室内へと促しました。夫の上司から大事な話がとか言われて、他に私にいったいどんな選択肢があったでしょう?

リビングのテーブルに座ってもらって、お茶を出しながら改めて訊ねました。

「それで、大事な話っていったい……あの、夫はご一緒じゃないんですか?」

「島岡くんはまだ残業中です。おそらく今日は帰れないでしょう。私がそれ相応の仕事量を託しましたから」

「……は、はあ……?」

「で、大事な話というのは……」

続いて語られた高田課長の話に、私は仰天しました。

夫は経理部に属しているのですが、内部調査で会社のお金を横領着服していることが明らかになったというのです。

「そ、それ……本当ですか?」

「残念ながら」

「夫はどうなるんでしょう？」

「……最悪、刑事告訴されて前科者、よくて懲戒免職というところでしょうか」

もう目の前が真っ暗になりました。

そんな……子供もまだ小さく、この家だってローンがまだあと三十年も残っているというのに……！

「あ、あのっ！　夫が罪に問われないよう、なんとかならないものでしょうか？」

私は気を取り直して、高田課長にすがりついていました。まだ事が公になる前にこうして告げに来てくれたということは、その余地があるはずだと思ったからです。

一瞬、押し黙ったままの高田課長でしたが、ついに口を開きました。

「奥さんを……抱かせてくれるなら。私が何とかしましょう」

その回答をまったく予期していなかったかと言えば、そうではありませんでした。なにしろこんな時間に一人訪ねて来て、夫の罪を暴露し、とがめているのです。その妻に何らかの代償を求めようとしているのは、ある程度予想がつくというものです。

ここは覚悟を決めるしかない。

なにしろ私たち家族の運命がかかっているのだから。

聞けば、高田課長は初めて顔を合わせた五年前から私のことを気に入り、いつか抱けるものならと、虎視眈々と窺っていたのだといいます。まさかその口実を、私の夫が捧げ与えてしまうことになるとは……まったく皮肉なものです。

「本当に、私が抱かれれば、夫の罪をなかったことにしてもらえるんですね？」

「約束します。さすがに念書を書くわけにはいかないが……絶対に」

「わかりました……じゃあ、どうしましょうか？」

「あの……風呂に入らないか？」

予想外の言葉でした。

「本当にずっと、奥さんを抱くことを夢見てきて、ようやくそれが今叶うんだ……きれいな体でしたいから」

はあ。

ここ、感銘を受けるところかもしれませんが、私はほとんど投げやりな気持ちでうなずき、お風呂の準備をしました。

そして二十分後、お風呂が沸き、私たちは裸になって浴室へと入りました。

高田課長は、歳のわりには引き締まった、そこそこいい体をしていました。ひょっとしたら週イチくらいでジムに通っているかもしれません。

私は浴槽の縁に座らされ、その前にひざまずいた課長が手にたっぷりと取ったボデイシャンプーを泡立て、それを私の体中に塗りたくり始めました。

ふんわり、ヌメヌメとした泡の感触が私のGカップある乳房を覆い、それをからめた意外に繊細そうな指が、ニュルニュル、ムニュムニュと肌に深く食い込みながら、全体を押しつぶすように揉みしだいてきます。

「ああ、奥さんのこの胸、本当にすばらしい……最高のオッパイだ。ありがとう、ありがとう……」

なんだ、ありがとうって……課長の言葉にポカンとしながら、愛撫に身を任せていた私でしたが、それはそれから優に三十分は続き、当初は冷めた姿勢で事のなりゆきを見つめていた私も、さすがに肉体の反応を意識せざるを得ませんでした。

「んん……っ、はぁ、ああ……」

否応もなく体を支配していく快感に、思わず喘いでしまいました。

「そうそう、いいよ、もっといっぱい感じて……」

高田課長は嬉しそうに言うと、さらに乳房への愛撫を激しく艶めかしくしながら、自らの股間を指し示して言いました。

「さあ、私のこれにも触ってくれないか。そう……泡をいっぱいからめて、うん、最高のしごき具合だ……ああ……」

言われるままに泡まみれにしてペニスをしごいてあげると、見る見るそれは硬く大きく勃起していって……予想外に夫よりもはるかに巨大なその威容に、私は正直驚いてしまいました。

「あ、す、すご……大きい……」

驚きのあまり、思わず口に出して言ってしまったくらいです。

「そう？　奥さんにそう言ってもらえると、ほんと嬉しいよ」

それから私たちはシャワーできれいに泡を洗い流して、二人一緒に湯船に浸かりました。決して大きくない浴槽の中、脚を交差させるような感じで向き合う姿勢です。

正面から私の乳房を愛撫していた課長ですが、そうしながら例の巨大ペニスはビクビクと身を打ち震わせて……、

「ああ、ダメだ、もう限界かもしれない……奥さん、入れてもいいかい？」

いつしかもう完全に淫らな態勢が出来上がり、課長のペニスを入れてほしくてたまらなくなっている私にとって、その問いは愚問というものです。

「はぁっ……ええ……いいです」

私が息を喘がせながら答えると、課長はお湯の浮力で私の体を持ち上げ、パックリと開いて何やら怪しげな体液を分泌させているアソコに、沈めてきました。

それはもうすごい圧迫感！

「あっ、あひ……す、すごっ……ああ、奥までズンズンくるうっ！」

「うう、奥さんの中、とっても熱くて……ああ、チ○ポ、蕩けちゃいそうだ！」

ピッタリとつながった私たちは狭い浴槽の中で、それでも精いっぱい体を揺らして交合の快楽をむさぼり合いました。

私の人生におけるエッチ体験史上、最高のペニスの力感を味わいながら、ついに吐き出された課長の大量のザーメンを胎内で受け止めつつ、絶頂を迎えていました。

その後、約束どおり夫の罪は問われず、何事もない日々が続いています。

でも、果たして課長の言ったことが事実だったのか？

私を抱くためのウソの口実だったのではないか？

まあ、今となってはどうでもいいことなのです。

■私はパイズリしながら、胸の肉房の間から頭を出している大家さんのペニスを咥え……

家賃滞納分の支払いはGカップの肉体で！

投稿者 古市真由美（仮名）／25歳／パート

去年、一つ年上の夫と結婚したはいいものの、そのすぐあとに夫の会社が倒産！　私がパートしつつ、しばらくは夫の失業保険でやりくりできたものの、それも期間が終わり……その後、夫もなかなかいい就職先が見つからず、今現在コンビニのアルバイト勤めということで、けっこうな困窮生活を強いられてます。

で、今の2DKのアパートの家賃（月六万五千円）も三ヶ月分滞納しちゃって。うちって大家さんの方針で（店子との関係性を大事にしたいんですって）、家賃は毎月、近くにある大家さんの自宅まで直接支払いに行くってことになってるんだけど、つい先日、しびれを切らした大家さんがうちにやってきてしまいました。

「ちょっと、古市さん、いい加減溜まってる家賃、払ってもらわないと！」

大家さんは一人暮らしの六十代後半のおじいちゃんだけど、歳のわりには若々しくて、たくましい体つきをしているものだから、玄関口に座って強い口調で凄まれた日には、なかなかの迫力でちょっとびびってしまいます。

「す、すみません……夫もまともな仕事が決まらなくて、収入が安定しないものですから……も、もうちょっと待ってください」

「って言われ続けて、もう三ヶ月だからねぇ。こっちとしても、もう十分待ったつもりだからねえ……」

「すみません、そこをなんとか……！」

膝をついて、床につかんばかりに頭を下げるしかない私。

すると、急に大家さんの口調が変わって、なんだか妙に甘ったるい感じでこう言ってきました。

「う～ん、そうだなあ、まあことと場合によっちゃあ、あと一ヶ月、待ってあげないこともないけど……いや、なんなら滞納分の一ヶ月、ナシにしてあげてもいい」

「えっ、ほ、ほんとですか？　そうしてもらえたら、すっごい助かります！　あの、その、ことと場合っていうのは……？」

「それはね、こういうことだよ！」

大家さんはそう言うと、玄関ドアの内鍵を締め、靴を脱いで室内に上がり込み、私の体をズンズンと奥のほう……六畳の和室へと押し込んできました。

突然の出来事に、私はわけがわからず狼狽するだけです。

「えっ、えっ、え……大家さん、いったい何を……？」

「そんなのわかりきってるでしょ！　お金がないんなら、カラダで払ってもらいましょって話だよ。こちとら、カミさんに死なれてから五年、世間体もあって女あそびもなかなかできないで、けっこう溜まりっぱなしなんだ」

大家さんは鼻息を荒くしながらそう言うと、私を力任せに畳の上にくみしだいてきたんです。

「や、やあっ……やめてくださいっ！」

「多少叫んだって無駄だよ。こんな昼間の今の時間、このアパート内にほとんど誰もいないってことはわかってるんだ。ほら、観念しなさいって！」

大家さんは私のTシャツをめくり上げると、下のブラジャーも剝ぎ取るように脱がしてしまいました。私のHカップある乳房がボロリとこぼれ出してしまいます。

「うはっ、すげぇオッパイ！　前々からアンタの胸が気になって仕方なかったんだ……ああ、ようやくナマで拝めた。ほんと、たまんないねぇ！」

大家さんはそう言って、がっしりと私の両方の乳房を鷲摑んで、さんざん揉みしだき、こねくり回すと、そうやって熱くほぐし乱された肉房の頂点……イチゴのとちおとめほどもある大粒の乳首にしゃぶりついてきました。

「んんっ、あ、甘い～～～っ！」

にゅぽっ、にゅろにゅろっ、じゅぷりゅうっ……と、思わず赤面してしまうような音をたてながら吸い搾られ、その荒々しい刺激に、ますます乳首はそそり尖ってしまいます。

「あひぃ、ひっ、はふぅぅぅ……」

「ふうぅ、ほ、本当にたまらん……なあ、このフカフカのオッパイで、わしのチン○ン、パイズってくれよお、な、頼むから！」

大家さんは最初こそちょっと怖かったものの、今やなんだかオネダリする駄々っ子みたいになっていて、私はむしろなんだか可愛くなってきてしまいました。

気持ち的にも少し余裕が出てきて、

「これで……挟んで、しごいてほしいんですか？」

と、自分で両乳房を捧げ持ち上げながら、まるで焦らすように言っていました。

「ああ、頼む、頼むよ！　おねがいだあっ」

「ふふ、しょうがないですねえ」

あれあれ、いつの間にか完全に立場が逆転してしまいました。

私は完全に上から目線で大家さんに相対するようになっていました。

立ち上がり、下半身スッポンポンになった大家さんの前にひざまずくと、もうすでに七割がた立ち上がったペニスを両乳房で挟んで、きゅむきゅむとしごき上げてあげました。で、もうちょっと滑り気があったほうがいいなと思った私は、そこに自分からツバを垂らして湿らせ、そうやってヌチャヌチャ、グチュグチュさせながらしごいてあげたんです。

「うっ、うお、くうぅっ……す、すげ、気持ちいいっ……こりゃ最高のパイズリだあっ！　古市さん、あんた最高だよっ！」

一心不乱にパイズリしながらそう言われ、私のほうも今やかなり昂ぶってきてしまっていました。反作用のように大家さんのペニスから返ってくる刺激が乳房を伝わって、アソコへと響いていって……ジンジンと疼いてしまっています。

「しゃ、しゃぶってもらってもいいかな？」

「ええっ？　……やってあげてもいいけど……二ヶ月、いえ、三ヶ月分の家賃、ナシにしてもらってもいいですか？」

「するする！　滞納分の家賃、全部ご破算だ！　約束する！　だ、だから……しゃぶってくれぇっ！」

我ながらなんて交渉上手なんでしょ。

最高の回答を引き出すと、私はパイズリしながら、胸の肉房の間からニョッキリと頭を出している大家さんのペニスを咥え、たっぷりとフェラチオしてあげました。

そして、そうやって最高に昂ぶった大家さんをいよいよ本番で迎え入れ、年齢に似合わぬたくましい肉棒に貫かれ、揺さぶられて……たっぷりの精液を受け止めながら、私もイキ果ててしまったんです。

う〜ん、なかなかのエクスタシー体験でした。

大家さんは約束どおり滞納分の家賃すべてをロハにして、加えて一ヶ月分の家賃の支払いを延期してくれました。まあ、もちろん、これからもまたお相手してくださいって思いも含まれてという感じでしょうか。

私も思いのほか楽しめたので、趣味（快感）と実益もかねて、対応してあげようかと思います。

■まるで子宮まで壊されてしまいそうな、そんな恐ろしささすら感じさせて……

失神！衝撃の巨根SEXエクスタシー

投稿者 吉沢あすみ（仮名）／31歳／パート

某大手コンビニチェーンの下請けお弁当工場で働いてます。

この間、私より少し年下くらいの新しい男性パートのHくんが入ってきて、私と同じ製造ラインの担当についたんだけど、働きだしてまだ三日しか経っていないっていうのに、いきなり、

「吉沢さん、一度オレとデートしてもらえませんか？」

って、誘ってきたんです。

私、ちょっと驚いちゃって。

だって、たとえば彼がけっこうなイケメンだったりしたら、そりゃまあ、こういう大胆なアプローチをかけてきてもわかる気がするけど、実際は、やせぎすでネズミみたいに貧相な顔してて、お世辞にも女にモテるようなタイプじゃなくて……。

「えっ……もちろん、私が結婚してるって知ってるよね？　せっかくだけど、私とダ

ンナ、十分ラブラブで、そういうの間に合ってるの。ごめんね」

って、ホントはダンナとも最近セックスレス気味で、全然間に合ったりしてないんだけど、もうまったくもって好みじゃないから、そんな口実で追い払おうと思ったわけです。

するとHくんはニヤッと笑うと、耳元で囁くようにしてこう言ったんです。

「あのね、実はオレ、ものすごい巨根なんです。今までどんな女性でもヒィヒィ言って失神せんばかりに悶えヨガッたオレの伝家の宝刀……一度味わってみたくありませんか？」

なんですと〜〜〜？

これは聞き捨てならないセリフ。

何を隠そう私、ダンナをはじめ今までつきあってきた男、み〜んなアレがたいしたことなくて、粗チンか、せいぜいが十人並みのモノしかお相手した経験がなかったんです。いやまあもちろん、だからといってイッたことがないわけじゃないけど、いつも、もっと上のエクスタシーがあるんじゃないかなあってモヤモヤしたものを抱えてて……。

「あ、その顔は興味アリアリって感じですね？　じゃあ、一回試してみましょうよお！　ね？　絶対に後悔はさせませんからあ！」

ここぞとばかりに攻め込んできたHくんにまんまと押し切られて、ちょうどダンナが出張で家を空けているということもあって、その週末にラブホ・デートすることになったんです。

場所は、あまり知人のいない隣り町にしました。

駅前で待ち合わせて、なるべく人目を避けるようにコソコソと裏道中心に歩いて、目的のちょっとお洒落な今どきのラブホへ。

部屋に入り、先にHくんがシャワーを浴び、そのあとで体を洗った私がベッドのほうに歩み寄っていくと、Hくんが言いました。

「今日はつきあってくれてありがとうございます。マジ、吉沢さんのこと初めて見たときからいいなあって、ビビッときたもんだから……すっごい嬉しいです！」

「それはよかったわ。でもね、言っとくけど、あ〜んな大風呂敷広げておいて、もし期待はずれだったら承知しないからね！　とっととパート辞めて私の前から消えてもらうからね！」

私は冗談口調ながらも、ホンネはけっこうマジな感じで、そう釘を刺しました。

「もちろんです。絶対に後悔はさせませんから！」

Ｈくんはそう言って不敵に笑うと、私をベッドの中に迎え入れました。

そして、私たちは全裸で抱擁し合い、キスを交わしながら、お互いのカラダをまさぐり合いました。

私はけっこう豊満な体つきなので、そのたっぷりとした乳房を揉みながら、Ｈくんはますます感無量といった感じの声をあげました。

「ああっ、すっごい大きくて柔らかいオッパイ……たまんないなあ！　まるでマシュマロみたいだ！　乳首もピンク色でおっきい……おしいそう！」

チュプチュプと舐め、吸ってきて……私の性感もふんわりと高まってはきましたが、やはり、彼のやせぎすで力感のない体つきは抱き合っていてもあまりそそられず……今ひとつ興奮できないんです。

でも、そこへ待望の兆しが現れました。

私の太腿のあたりで、がぜん、存在を主張してきたソレ。

ビクビクと大きく脈打ちながら、見る見る熱を持ってきて。

獲物を狙う大蛇が牙を剝き出し、むっくりと鎌首を持ち上げるように……！

Ｈくんのアレが勃起し、強烈に私の太腿に圧力をかけてきたんです。

それは、長さは優に二十センチ超、太さも直径五センチはありました。いや、亀頭の一番張り出した笠の部分に至っては、周囲七センチほどもあったでしょうか。幹の部分に太い血管を浮き立たせたその威容は、まさに〝巨根〟の名に恥じない、衝撃的なものでした。

う〜〜ん、これは確かにすごいわ……。

私はそれに目が釘付けになりながら、魅入られたように顔を近づけると、それを咥え込んでいました。もう、そうせずにはいられなかったんですもの。

ただし、さすがにフェラチオするのも一苦労でした。

亀頭部分が直径七センチほどもある極太のそれは、下手すると口の端が裂けてしまいそうなほどで、たっぷりとツバを出して塗りからめた上で、ソフトクリームを舐めるように首を傾けながらしゃぶるしか、やりようがありませんでした。

ヌチュヌチュ、ズボ、グブッ、ンチュ、ジュブブ、ジュルジュル……。

四苦八苦しながらなんとか全体を舐め味わおうと励み、それでもHくんは気持ちよく昂ぶってくれたようで、溢れ出たガマン汁と私のツバでダラダラのテラテラになった巨根チ○ポを一段と激しくビクビクと震わせて、やにわに体を起こすと、押し倒した私の体の上に覆いかぶさってきました。

「はぁ、はぁ、はぁ……よ、吉沢さん、オレもう限界だ！　ねえ、入れてもいい？」

大した愛撫をされてなくても、フェラをしてるだけですでにタップリと濡れ溢れさせていた私は、

「ああ、いいわ……入れて……きてぇ！　そのアホみたいにでっかいチン○ン、私の中に思いっきり突き入れてぇっ！」

喘ぎながらそう応え、次の瞬間、信じられないほどの衝撃を伴って押し入ってきたソレを、カラダの奥の奥のほうまで使って受け入れていました。

「ひぃっ……ひっ、ひ……あ、ああっ、ああ～～～～ん！」

まるで子宮まで壊されてしまいそうな、そんな恐ろしささすら感じさせる初体験の快感は、まさに衝撃的でした。

あまりにも重たいその一撃、一撃が、私の肉洞を貫き、抜き差しするたびに、まるで内臓全体を引きずり出されるようなえも言われぬ感覚とともに、気も狂わんばかりのエクスタシーを叩きつけてくるんです。

「ああっ、あっ、あひっ……ひあああっ！」

「あああっ、吉沢さんっ……んんっ、んっ、んんん……！」

Hくんの腰の律動が徐々にその速さとピッチを上げていき、文字どおりに私は快楽の串刺し状態で、悶え喘いでいました。

そしてついに、クライマックスが迫ってきた時、私は、

「あ、ああ、はぁっ……あ、あああああああああ〜〜〜〜っ！」

彼の広げた大風呂敷どおり、ものの見事にイキ果て、そして本当に一瞬、失神してしまっていたんです。

そして、やはりアレが大きいと吐き出す量も尋常ではないようで、彼が私の中に注ぎ込んだ精液はゴポゴポと泡立ちながら逆流し、アソコから溢れ出してぐっちょりとベッドのシーツを濡らしてしまったのでした。

結果、大満足。

でもその後、Hくんからは何度もまたお誘いがあったのですが、今は遠慮するようにしています。

だって、あんなすごいのしょっちゅう受け入れてたら、まちがいなく私のアソコ、ぶっ壊れちゃいますもの！

■先生の手はすばやく私の水着を下までずり下ろし、剝ぎ取り、一気に秘所まで……

魅惑の個人レッスンで蕩けた真夜中のプール

投稿者 佐藤晴美（仮名）／37歳／パート

十八歳でデキ婚した私は、この年で既に子どもが独立している。

晩婚の同級生たちが育児に追われる中、私は呑気に一人ランチやショッピングを楽しむ日々だ。夫もそれは同様で、近頃ちょいちょい「出張だ」と嘘をついて外泊している。でも私は全然気にならない、夫に対して今は愛情のかけらもない。十代の頃、夫とやりまくり過ぎて、結婚した時には倦怠期を迎えていた（爆）。当然、現在はセックスレス夫婦。

夫が浮気をしているからといって私も浮気を……という気にはならなかった。女の浮気は本気になるというし、私は家庭を壊す気など毛頭ない。だから、仲良しのママ友Aさんに、

「プールのインストラクターに素敵な人がいるフィットネスクラブがあるんだけど、一緒に通わない？」

と誘われた時、二つ返事で入会したのは単にダイエットをしたかっただけで、その男性のことなど、ほとんどどうでもよかった。

入会初日。

「私たち運がいいわ。こんなに早く賢治先生のアクアビクスのレッスン受けられるなんて！」

Aさんは喜々として水着に着替え始めた。

「受けられないこともあるの？」

「先着五十名で締め切られるのよ、なにせ賢治先生のレッスンは一番人気だからさ」

Aさんは更衣室の周囲を見回して、小声で続けた。

「ここは賢治先生目当てで入会してるオバサンたちだらけだよ」

その言葉の通りプールに行くと、まぁいるわいるわ厚化粧、華やかな水着を着たオバサンたちが。みんな目をハートにして賢治先生を見つめて、きゃいきゃいウキウキしてる。

「では皆さん、今日も元気に動きましょう。レッツゴッ」

軽快な音楽にのせて軽やかにステップを踏むその男性は、長身で精悍な顔立ち、健康的に焼けた素肌に白いTシャツと赤い短パンが良く似合っている、ああ、人気があるのわかるわ……そう思ってまじまじと眺めた時、先生と目が合った。先生は私に笑顔を向け、パチッとウィンクした。

「え？」

ドギマギして、思わず目をそらす。

「ワンツーワンツー、はい、肩まで浸かってバシャバシャバシャ」

水の中で両手を交差する動作は簡単そうで難しい。ましてや私は初めてなので、他のみんなよりかなり動きが遅れてしまう。見かねた先生が、プールサイドから飛び込み、水を掻き分けて私のところにやってきた。

「手首じゃなくって、ここにね、力を入れて」

言いながら、私の脇腹に手を回した。

「あっ……」

思わず小さく声が漏れてしまった……先生に聞こえたかしら？

「腹筋を使うと腕も回しやすくなるし、体幹が鍛えられるからダイエット効果があるんですよ」

さらに言いながら、先生の手は少しずつ下の方に向かってる。

（え……え……これって他の人から見えないのかしら？）

左右を見渡すと、みんなアクアビクスに夢中で、私に視線を向けている人はいない。

先生は私の耳元で、

「夜、十一時にここで。個人レッスンしてあげるから」

そう囁いたあと、

「さぁ皆さん、今の動きを倍速でやってみましょう、ワンツースリフォー！」

掛け声をかけながら、またプールサイドに上がっていった。

ドキドキドキドキ……脇腹と腰のあたりに先生の手の感触がいつまでも残っている。

午後十一時が来るのが、どんなに待ち遠しかったことか。

プールは非常灯がついているだけの薄明りで水面が小さく波打っている。

「きっと来てくれると思ってたよ」

その水の中で静かに泳いでいた賢治先生が、私の手を取り水の中へ招き入れると、

「あ……」

いきなり抱きしめられ、水着の肩ひもを下げられた。露わになった二つの乳房は賢治先生のしなやかな指に揉み解され、乳首を摘まれ、

「あ、ンン……」

私は数秒もたたずによがり声をあげていた。

「鳥肌、立ってるね……夜のプールは水温低いからね。すぐに温かくしてあげるよ」

耳元で囁いた口から舌がうにょっと飛び出し、耳朶、首筋、そして胸の谷間をさまよう。そして、水に浸かっている乳房をグイッと掴み上げ、ペロペロチュウチュウと舌をからめて吸い始めた。

「あああぁ〜〜……」

「レッスン中にね、ユッサユッサとこの胸が揺れてるのを見て……どうしようもなくしゃぶりつきたかったんだ……」

チュパチュパと乳首を吸いながら、先生の手はすばやく私の水着を下までずり下ろし、剝ぎ取り、一気に秘所まで滑り込んできた。

水の中で自由になった私の股間は大胆にも片足を上げて先生の指を一気に吞み込んでいく。その指が滑らかに私の中に入ってきたのは、すでに膣の中が愛液で濡れているからだ。グチョグチョグチョ……水の中でも、その卑猥な音は伝わってくる。

先生の長い指は私のＧスポットを簡単にとらえた。

「あああぁ〜〜……いい〜……」

「こんなので満足しちゃだめだよ」

そう言うと、ひょいと私を抱き上げた。自然と私の足は先生の腰をまたぐ形に。

「あっ……！」

先生の突起物が私の凹みににゅるにゅると入ってきた。先生は水着を着けていなかった。

「おお……ううう……」

先生は興奮しながら、抱っこした私を上下に揺すり始めた。

プールの中、全裸でセックスしている。しかもこんな抱っこされたまんま、お互いの性器だけが密着した動物的な格好で……なんていやらしくて素敵なんだろう！

チャップチャップチャップ……。

誰もいないプールの中は、秘めごとにまとわりつくような水音だけが聞こえる。

水圧のせいで先生の動きはスローリー、でもその分ペニスが私の一番奥までズブズブと入り込み、しばらくの間そこにとどまっている。

先生は上体を反らし、腰を突き出した。

「あああ～～」

感嘆の声が漏れる。

「君の一番感じるとこ、ここだよね？　ハァハァハァ……」

「うん、そう、そこ……いい」

「ここ……いいの？」

「うん、いい、やめないで……もっと……して……うん……そこっ」

チャップチャップチャップ……ハァハァハァハァ……。

私のGスポットが喜悦の声をあげている。ああ、こんなに感じるセックス、したことない……！

先生は、後頭部が水に浸かるほど反り返って腰を突き出している。水のお陰で倒れたりしないのがいいな、と私は妙なところで感心しながら、その反り返った先生の上半身に両手を突き、最後の時を迎えようとしていた。

「もうイクの？　いいよ、イッて。僕も……アアア、イク……イク……」

腰に回していた手はやがて尻を持ち上げ、私の上体を激しく揺すり始めた。

水の中でもその動きは激しかった。私のアソコはもうヤバいほどぐっちゃぐちゃに濡れまくり、プールの中に溶け込んでいく。

「あああああ〜〜〜」

「おおおおお〜〜〜〜〜〜〜〜〜」

先生はオオカミのごとく吠えて、一気に果てた。私は二度もエクスタシーに達した。

プールのずーっと向こうに私の水着が浮いている。

「あんなところまで流されたのね」と言うと、

「僕らがここまで来たんだよ」と先生。

驚いたことに先生は私を抱っこしたまま、器用にも二十メートル近く水中ウォーキングしてたらしい。

「可笑しい〜、先生ったら」

「でも、よかったでしょ？」

「うん、凄く感じた」

その後、先生と二回ラブホへ行って愛し合った。

だけど私は水中セックスの快感が忘れられない。

聞けば、あの夜は月に一回の一人当直の日だったそうで、普段は二人が滞在しているということだ。

「早く、先生の一人当直の日が来ますように」

想像するだけで、ほら、私の股間はもうこんなに濡れている!!

■アタシは目の前のまな板にぐにゃりと胸を押しひしゃげさせながら、突っ伏して……

料理教室エクスタシーに身も心も悶え乱れ果てて！

投稿者　小峰愛（仮名）／23歳／専業主婦

なにしろ二十歳でデキちゃった婚したもので、もう結婚式から出産、そして新生活のスタートと、バッタバタの展開で、妻としての心得（？）みたいなもの、これっぽっちも身につけていなかったアタシ。

さすがにこれじゃいかんでしょーってことで、とりあえず料理教室に通うことにしました。幸い、新居のマンションの近くによさげなところがあったもので、週に一回の三時間、その時だけ、わりと近くに住んでる実家の母に三歳の息子の面倒を見てもらうってことで。

その料理教室は、テレビでよく見る人気男性料理研究家のFさん……の、弟さんが主宰しているところで、たしかに彼、TさんはFさんに顔もよく似ていて、しゃべり口調もそっくりで。近所の奥様連中がこぞって押しかけて大盛況でした。

だから、最初申し込んだ時も、三ヶ月待ちって言われて「え～っ⁉」って思ったんだけど、その後すぐにOKの返事が来てホッと一安心。なんでも申込書に貼ったアタシの顔写真をFさんが見て、特別処置でOKになったとか……ふふ、やっぱり美人は得よね～っ！

そしていよいよ、教室初日。

アタシは張り切って先方に向かいました。

ところが行ってみてビックリ！

なんとその日の生徒はアタシ一人だけだったんです。

本当は定員五人のところ、間の悪いことにアタシを除く他の四人全員が急に都合が悪くなってしまって……急遽、実質F先生とアタシの個人授業という形になったとの話でした。

もともと能天気なアタシは「ラッキ～ッ！」って感じで、さらにモチベーションが上がっちゃって。だって、本来のところ、個人授業だと通常の授業の三倍の授業料を取られるところを、今日は不可抗力だから通常どおりでいいって言われて。よおし、張り切って学んじゃうぞ～ってなもんです。

「今日はこんな感じになっちゃってごめんね。一対一だからって緊張しなくてもいいからね。気楽に楽しくいきましょう」

Ｆさんにそう言われて、でもアタシは、

「大丈夫で〜す！　ビシバシお願いしま〜す！」

と、ひたすら陽気&前向きに応え、授業が始まりました。

野菜等の皮むきといった基本的なところから始まり、日本人男性が好むベーシックな家庭料理……肉じゃがや卵焼き、お味噌汁の作り方を習い、そのあとちょっと高度な洋食系……オムライスや肉料理といった、いわば応用編へと調子よく進んでいきました。Ｆさんの教え方はとってもわかりやすくって、手際やレシピを習ってるうちに、アタシはもうすっかり料理上級者にレベルアップできた気分でした。

「うん、小峰さん、とっても筋がいいね〜っ！　これだけ呑み込みがいいと教えてるこっちまで楽しくなってきちゃうよ」

「いやいや、そんな……恐れ多いですぅ〜〜」

そんなふうに、アタシはすっかり調子に乗ってしまい、ふと、いつの間にかＦ先生と自分の距離がとっても近いことに気がつきました。

Ｆ先生は、シンクに向かって調理しているアタシの背後にぴったりと密着するように立ち、その熱い呼気がアタシの耳朶や首筋に吹きかけられ、くすぐってくるんです。

「あ、せ、先生……あの、ちょっと……」

「うん？　なに？　何が言いたいかよくわからないなあ……ふふ……」

Ｆ先生はアタシの動揺をまるで弄ぶかのように含み笑うと、両手を前に回し、アタシの左右の胸を揉みしだいてきました。その手のひらの動きはとってもゆっくりしたものだったけど、その焦らした感じが、なんだか無性に刺激的で、アタシの乳房はジンジンと淫らに反応してきてしまうのでした。

「ああん、先生、だめだったらあ……んんっ、んふぅ……」

「うん？　何がだめなんだって？　ほらほら、君の乳首、もうこんなに硬くピンピンになってきちゃってるじゃない」

いつの間にかＦ先生はアタシのセーターの中に手を潜り込ませ、器用にブラを上にずらし上げると、はみ出た乳首をクリクリ、コリコリと指先で摘まみ、しこり上げながら、囁いてきます。

「あふぅ……だ、だってぇ……ああん！」

今になってすべてが腑に落ちました。

本当なら三ヶ月待ちのところが即ＯＫになったのも。

定員五人の教室がいきなりアタシ一人になってしまったのも。

最初からＦ先生がアタシのことを狙い撃ってのことだったんです。

なのにアタシったら、ホイホイ能天気にそのたくらみに乗っちゃって……今や、見事なまでの飛んで火にいる夏の虫状態……。

「ねえ、こうなったらさ、とことん楽しまなきゃ損じゃね？　君、きらいなほうじゃないんだろ、うん？」

F先生はそう言いながら、片手を下のほうにやり、スカートをたくし上げてアタシのアソコをパンティの上から揉みさすってきました。

「あっ、ああ……あはぁん……くうぅっ……」

まるでアタシを淫乱扱いするF先生の物言いに、頭では納得できなくても、カラダのほうは馬鹿正直に応えてしまって。

乳首とアソコを同時に責め立てられて、押し寄せるその快感の波状攻撃に、アタシは膝をガクガクさせながら悶え、目の前のまな板にぐにゃりと胸を押しひしゃげさせながら、突っ伏してしまいました。

「ああ、ほら、君のここ、もうヌルヌルのグチャグチャだ」

後ろからパンティの中に手を突っ込ませていじりながらF先生が言い、アタシのほうもお尻を突き出すようにして疼き、うごめかせていました。

「おお、なんだ、この妖しい尻の動きは？　そうか、早く入れて欲しいのか？」

「ああん、そう、早く、早く入れてぇっ！　アタシ、もうチ○ポ欲しくてしょうがないのおっ！」

もう恥も外聞も、人妻としての貞操も関係ありません。

アタシはあられもなくF先生の肉棒を乞い求め、頭がおかしくなりそうなほど昂ぶりきっていたんです。

そして次の瞬間、待望の熱くて硬い昂ぶりに背後から突き貫かれた時、アタシは声を限りに叫び、悶え感じてしまっていました。

「ああっ、あん、ひぃ……あ、あああぁ～～～～～～っ！」

「うおおっ、さすが若妻のマ○コ、し、締まるぅ～～～～っ！」

それから優に二十分ほども、アタシはアソコでF先生のチ○ポを喰い締めながら、最後、大量の白濁液の噴出を胎内で受け止めながら、昇り詰めていたんです。

もう、完全に味をしめてしまったアタシは、月に二～三回はF先生のもとに通って、料理はもとより、あっちのテクのほうも順調に腕を上げているというわけです。

■すっかり準備万端濡れそぼっていたソコは、苦もなくペニスを呑み込んで……

スマホHマンガを読んでた私を襲ったまさかの快感事変

投稿者　直江加奈子（仮名）／32歳／OL

最近、通勤の電車の中でスマホのマンガを読むのがすっかり習慣になってしまいました。でもまさか、それがあんなことになっちゃうなんて……。

その日も、私は勤め帰りの電車の中、スマホのマンガに夢中でした。

金曜の夜の八時頃ということで、飲んで遅く帰る人も多いのかな、普段の日よりも気持ち乗客数は少ないようで、座ることができた私は早速スマホを取り出し……読み始めたのは今お気に入りの、OL主婦が主人公の不倫エッチマンガでした。それなりにきわどい場面も多く、周囲の目もはばかられるような内容ですが、座席の両脇の人もそれぞれ自分のスマホに夢中、正面の吊革につかまって立っている人も文庫本を読んでいたので、これなら平気だろうと。

読み始めた最新の配信回は、なんだかもうこれまでになく過激で、主人公が会社の同僚男性二人に同時に言い寄られ、初めての不倫3Pをしてしまうというものでした。

正直、実際に夫との性生活に不満を抱いているものの、だからといってなんのアクションも起こせない根性ナシ（?）の私としては、自分にはできないからこそ、それはもうドキドキものの展開で、すっかりのめり込み、次から次へと画面をスワイプする指が止まらない有様でした。

深夜の誰もいないオフィスで主人公に言い寄ってくる二人のイケメン同僚。一応拒否ろうとするのだけど、背後に回った一人に背後から羽交い絞めにされて身動きがとれなくなってしまい……そこへ迫るもう一人の唇。

服の上から胸を揉みしだかれながら、ねっとりとディープキスされて……からみ合う舌、したたる熱い唾液……陶酔の中、遠ざかっていく意識。

いつしか背後の彼の手はブラウスのボタンを外して中に入り込み、ブラジャーを無理やりずらして生乳に触れ、乳首を摘まみ、こね回してきて。

するとそこへ、前にいる彼の舌も乱入して、乳首は指と舌で同時に責め、弄ばれてしまう……。

（うっわ、た、たまんない！）

私は読みながら完全に感情移入し、アソコを濡らしてしまっていました。

乳首も立ってしまい、尖った先端がブラに擦れて痛みを感じるくらいでした。

もし、まわりに誰もいなかったら、まず間違いなくオナニーしていたでしょう。そのくらい、昂ぶってしまっていたんです。

と、そこでふと異常な気配を察したんです。

その気配のする右隣りのほうを恐る恐る窺ってみると……。

さっきまで自分のスマホに夢中になってたはずのスーツ姿のサラリーマンが、じっと私の手元……あられもない場面が展開されているスマホ画面を、がっつり覗き込んでいたんです！

もちろん私は慌ててスマホ画面を胸元に当てて、相手の目から隠そうとしましたが、彼の粘りつくような視線は、今度は私の顔をじっと凝視してきて……そして、羞恥のあまり頭がぐちゃぐちゃになっている私の耳元で、そっと囁いてきたんです。

「ねえ、次の駅で降りようよ。そのマンガと同じことしてあげるよ。いいだろ？」

私はもう完全にテンパってしまっていました。

とんでもないところを見られてしまった！

ここで言うことを聞かないと、何を言いふらされるかわからない。

ちゃんと冷静になって考えれば、いかようにもこの場をごまかしたり、あしらうこともできただろうに、私はパニックのあまり、それを受け入れてしまったんです。

「は、はい……」

向こうとしてもダメ元のほんのナンパ気分で言ってみたのが、「え、マジ？　いいの？」という感じだったかもしれませんが……あ〜あ、ほんと、自分のあまりの臨機応変能力の低さにいやになっちゃいます。

私は彼に促されるままに次の駅で一緒に電車を降り、いつの間にか手をつながれて、夜の街へと連れ出されました。

そしてようやくまじまじと見た彼は、小太りで頭髪ももう薄くなっていましたが、意外と実年齢は若そうで、四十歳ちょっとくらいのようでした。身だしなみは悪くなく、不潔感がないのに、あらためてホッとした私でした。

下手に余計なことをしゃべると、私が冷静さを取り戻して気が変わったり、何かボロが出てしまうことを恐れたのかもしれません、彼は無言でずんずん歩き、私は裏路地にあるホテルに連れ込まれてしまいました。

部屋に入ると、服を脱いで一緒に浴室へ行くことを要求されました。

そして、浴槽にお湯をためると二人で体を沈め、彼は語りかけてきました。

「いつも、ああいう……エロいマンガ見てるの？」

「い、いいえ、いつもってわけじゃあ……」

「ふふ、いいんだよ、そんな取り繕わなくったって……奥さんだよね？　ダンナに満足させてもらえてないんだね。だからあんなの見て……」

　図星ではありましたが、私が黙っていると、彼はチャプチャプと湯波をたてながら、乳房をまぁるく円を描くように撫で回し、やさしく全体を摑むとムニュムニュと揉みしだいてきました。

「ん……はぁ、うん……」

　気持ちはとっくにクールダウンしているものの、カラダのほうはまださっきのマンガの興奮の余韻が残っているようで、すぐに私の性感は反応してしまいました。

「う～ん、張りがあって大きくて……とってもすてきなオッパイだね。さあ、約束どおり、あのマンガと同じことしてあげるよ」

　彼は私の反応を窺いながらそう言うと、乳房を揉み、乳首を摘まみこね回しながら、そこに舌をからめ、唇で吸い上げて愛撫を繰り出してきました。

「あん、はぁ、あはぁぁ……」

　その快感に抑えようもなく、喜悦の喘ぎが溢れ出てしまいます。

　気がつくと、湯船の中、私の股間のすぐ前で、彼の勃起したペニスが揺らめいているのが見えました。相当の大きさです。

私はそれから目が離せなくなってしまいました。

「うん？　欲しいの、これ？　じゃあ、ちょっとしゃぶってもっと硬くしてよ」

彼に言われるまま、私は湯面に迫り上げられたペニスを潜水艦の潜望鏡のように咥え、無我夢中でしゃぶりました。

そして、十分にみなぎったソレを、そのまま湯船の中でアソコに迎え入れて。

すっかり準備万端濡れそぼつていたソコは、苦もなくペニスを呑み込み、肉ひだをひくつかせながら、エクスタシーに震えました。

「あっ、ああ、イク……あんん、はあぁぁぁ～～～っ！」

寸でのところで彼はペニスを抜いて精を湯船の中に放出し、私は浴室内に反響する自分の喘ぎを聞きながら、絶頂を迎えていました。

いや、それにしても、まさかスマホマンガからの、こんなことになっちゃうなんて……気をつけなくちゃと思う反面、世の中、どこに気持ちいいことが転がってるかわかったものじゃないのね……と、妙に感心している私なのでした。

■私はハヤシさんの顔を上目づかいに見やりながら、ゆっくりと性器を口に含んで……

試着室で淫らに繰り広げられる私のスペシャル接客

投稿者　里村由美子（仮名）／28歳／販売員

私、駅前のショッピングビル内にある紳士用品店で働いてるんだけど、月に一回のある日を、そりゃもう心待ちにしてる。

そう、昨日がまさにその日だった。

夕方七時頃、決まって閉店の一時間前に彼はやってくる。なぜならその時間帯ならもうほとんど他にお客さんはおらず、何かとことを進めやすいから。

「こんばんは」

「いらっしゃいませ～」

私はにこやかに彼を出迎え、他に二人いる同僚に向かって目くばせし、私たちに構わないように、近づかないようにとアイコンを送る。

「今日はどのようなものをお探しですか？」

「うん、夏物のカジュアルなジャケットを何着かほしくってね」

「あら、それならちょうど今夏の新作が入荷したところですわ」

そう、彼、ハヤシさん（四十三歳）は、一度の来店でいつも十万近く買い物をしてくれる、この店の……いえ、私の大のお得意様。うちは完全な売り上げ歩合制ではないけれど、個々人の実績が賞与にはそれなりに反映されるとあって、皆、なんとかして太いお客を獲得しようと必死なのだ。

でも、たいして高級でもないうちのような店で、それは至難の業。そこでポイントになってくるのが、販売員それぞれの独自の〝サービス〟だ。

ただ、お客はほぼ百パーセント男性で、売る側は百パーセント女性ということで、おのずとそのサービスの方向性も決まってくるというもの。

ずばり、性的サービスが勝負の分かれ目ということ。

ただし、私たちはその代価をお金でもらうわけではなく、お客さんが満足の気持ちを品物を買うことで示してくれるだけで、断じて売春ではない……なんてね。

とは言っても、最初はダンナに対して申し訳ないという気持ちもあって、いくらかの抵抗を感じたものだったけど、でも、最終的に収入が増えることで家計が潤うのだからと、いつしかそんなためらいもなくなっていた。

「うん、この色、いいね～」

「ええ、ハヤシさんにとってもお似合いだと思いますわ」

「それと、こっちはフォルムがいいね！」

「この夏のはやりのスタイルみたいですよ」

私はそうやってハヤシさんの選んだジャケット四着を手にとり、彼を先導する形で二畳ほどの広さのある試着室へと入っていくと、カーテンを閉めて中にこもった。

え、ジャケットの試着ならそんなところへ入る必要はないだろうって？

はいはい、そのとおり。

でも、目的は試着じゃないんだから仕方ないじゃないですか、ねえ？

一応ジャケットに袖を通しながら、ハヤシさんが言った。

「ああ、もう一ヶ月の間、里村さんにしてもらいたくてしょうがなかったよ。カミさんとじゃもう全然ヤル気にならなくてね」

「んまっ、そんなこと言って……奥さんに申し訳ないわ。でも、嬉しい」

私はそう言うと、ハヤシさんの前にひざまずいてズボンのベルトを外し、くるぶしのところまで下着ごと引き下げて、彼の下半身を露わにした。

店内の明るい照明に、彼の黒ずんだ性器が妖しく照らされ、期待に打ち震えるようにぴくっと動いた。私はハヤシさんの顔を上目づかいに見やりながら、ゆっくりとその性器を口に含んでいった。私の舌の上で、柔らかかったそれが、徐々に硬く力強くみなぎっていった。

「んふっ、ふぅ……んぷ、んじゅぷ……」

亀頭を咥え、その笠の縁に舌をからめながらンジュプ、チュプ、クチュゥとしゃぶり立て、同時に手のひらで玉袋もコロコロ、クニュクニュと転がし、揉みしだいてあげる。あ、先端からガマン汁が出てきた。

「お、おおう……里村さん、いい、いいよ……やっぱきみのフェラは最高だぁ」

と、ブルルッと全身を震わせると、ハヤシさんは性器を私の口から抜いた。

「やばい、やばい！　もうちょっとで出ちゃうとこだったよ。まだまだ楽しみたいからね。さあ、今度はきみのを舐めさせてくれよ」

ハヤシさんはそう言って私を立たせると、今度は自分のほうがひざまずいて私の下半身を剝いていき、アソコに舌を突っ込んで舐めいじりながら、手を上のほうに伸ばして服の下に差し入れ、乳房を揉み立ててきた。もちろん今日は準備万端、あらかじめノーブラ態勢の私だ。

「はあ、あん、あ、ああ……すてきぃ、ハヤシさん……」

「ううう、おいしい、里村さんのジュース、とっても甘くて最高だ……」

ジュルジュルジュル～……私はハヤシさんに愛液を啜り上げられ、腰をガクガクと震わせながら喘ぎ感じてしまう。

その時、試着室の外から声が聞こえてきた。

「オレ、こっちの広いほうの試着室使いたいんだけど」

「お客様、申し訳ありません。あいにくこちらは今使用中でふさがっておりまして……あちらのほうでお願いします」

わがままを言う客を、別の店員がなだめながら、もう一つある狭いほうの試着室へ案内していく様子がわかった。

ふ～っ……もし今、問答無用でカーテンを開けられたら、私たち、とんでもないことになってた……ちょっとヒヤヒヤしながらも、このスリリングさもたまらなかったりするのよね。

「ああ、里村さん、そろそろ俺、限界だよ……さ、入れさせてよ」

「ふふ、わかりました」

ハヤシさんの懇願に応え、私は壁に手をついて剥き身のお尻をぐいと後ろに突き出した。それをハヤシさんが両手でガッシリと摑み、背後からフル勃起した性器を突き入れてきて……！

「ああっ、はぁ……ああ、あ、あん……」

「おおう、里村さん、締まる……締まるよぉっ……！」

もちろん、精いっぱい声を抑えながらだけど、私もハヤシさんも性交の快感に悶えヨガってしまい……激しい抜き差しが三分ほど続いたあと、二人ともクライマックスに達し、ぐったりとその場に脱力してしまった。

「ふう、里村さん、今日もとってもよかったよ。どうもありがとうね！」

「こちらこそありがとうございました！　またのご来店をお待ちしてます！」

この日のハヤシさんのお買い上げ額、しめて十万三千円。

うんうん、上出来、上出来。

正直、ハヤシさんとは私、カラダの相性もなかなかよくって、販売員としても、女としても、とってもいい関係だなって。

ああ、早くまた来てくれないかな～。

第四章 アバンチュールに悶えて

■真奈さんは器用にブラジャーを外して、剝き出しになった私の乳房を揉み回して……

美人妻二人が求め合う禁断のレズ・エクスタシー

投稿者 相葉ナオ（仮名）／28歳／専業主婦

一ヶ月前、マンションの隣りの部屋にKさん夫婦が引っ越してきました。奥さんの真奈さんと話すと、ご主人は食品系企業に勤めるサラリーマンということで、私の夫は飲料系だったため、なんとはなく近しいものを感じ、すぐに親しくつきあうようになりました。お互いにまだ子供がいないというのも大きかったですね。真奈さんも私もアラサーで、周囲にいる大抵の同年代の主婦たちは子供がいるため、話すことといえば子供のことが中心……ちょっと引け目を感じざるを得なかったのが、真奈さんとならそんな気兼ねなく話せたのです。

あと、真奈さんはとてもきれいで魅力的な女性でした。普通、子供がいれば、どれだけ気をつけようと、どうしても日頃の子育て疲れの影響が出て、皆どこか所帯じみた雰囲気になるものですが、さすが、真奈さんはバリバリに若々しく、ファッションや美容についてもケアが行き届いていて、完全に独身の若いOLといっても通用するレベル。私も同じ境遇なので多少の自信はあったのですが、真奈さんと比べるとその足元にも及ばない感じです。

そんな私と真奈さんはほぼ毎日のように顔を合わせ、お互いの家を行き来してお茶を飲んだり、一緒に買い物やランチに行ったりしているうちに、どんどん本音で話をするようになっていきました。

やはり、その中心は子供がいないことによる、身内や周囲からのまるで批判するような言葉や扱いで、お互いにこれまでさんざんその被害に遭ってつらい思いをしてきた鬱憤を吐き出せるというのは、本当にスッキリできて救われるものでした。

そしてあと……夫婦生活や、過去の恋愛話。

最初はかなり抵抗がありましたが、いったんタガが外れると、次から次へと堰を切ったように、お互いに夫のセックスに対する不満や、過去のとんでもない男性経験について暴露し合い、いや～、もう身も蓋もないのなんの！

そんな中、ある日彼女の家のリビングで話している時、ふと真奈さんがこんなことを言いだしました。

「あの……私ね、実は昔から、女同士のエッチっていうのに、すごく興味があったの。女子高だったっていうのもあるのかなあ？　ねえ、ナオさんはそういうの、ない？」

あまりに意外すぎる告白に、とっさに上手いリアクションがとれませんでした。

「えっ？　え、ええ……私は、そうねえ……そういえば、少しだけ、そんなふうなことを思ったこともあるかも……？」

本当はこれっぽっちも考えたことはなかったのですが、ここで全否定するようなことを言うと、真奈さんが傷ついちゃうかもと思い、無理やりそう答えたのです。

「えっ、本当？　ナオさんもあるの？　よかったあ、私だけじゃなくて！」

本当にホッとしたような真奈さんでしたが、その笑みがだんだんと顔から消え、なんだか妙に悩ましい表情に変わってきました。

そして、こう言ったのです。

「ねえ、ナオさん……それなら、今から本当に二人で試してみない？」

「えっ、試すって……まさか……？」

「ふふ、だってナオさんも興味があったんでしょ？　だったら……」

「…………」

口は災いのもと。

そんな諺を噛みしめながら、私はジリジリとにじり寄ってくる真奈さんを、固まった姿勢で待ち受けるしかありませんでした。

「あ、でも、そろそろ帰って夕食の支度をしないと……」

「ねっ、ねっ、ちょっとだけだから……ね、いいでしょ、ナオさん？」

まるで舌なめずりするような妖しい表情の彼女の〝圧〟は、何気にものすごくて、私はそのままのしかかられ、キスで唇を塞がれてしまいました。

「んん、んふぅ……本当はね、初めてナオさんを見た時から、最初に女同士でエッチするなら、この人しかないって思ってたのよ。ナオさん、とっても魅力的だから」

そう言いながら彼女は舌を口内に差し入れてきて、私の舌をからめとると、ジュルジュルと音を立てながら艶めかしく吸ってきました。

「んぐっ、んん……んはっ、はあぁぁ……」

問答無用の攻撃に、初めはうろたえるばかりの私でしたが、だんだんと昂ぶってくる陶酔感に、引きずり込まれていくのがわかりました。

（や、やばい……私、感じちゃってる！　女同士なのにぃ……）

「ああ、ナオさんのこの大きなオッパイ、一度でいいからこうしたかったぁ！」

真奈さんがそう言い、キスを続けながら私のカットソーをめくり上げると、器用にブラジャーを外して剝き出しになった乳房に手を触れ、揉み回してきました。夫を始め、男性の太い指でしかそういうふうにされたことのなかった私は、真奈さんの長く繊細な指がうごめき、送り込んでくる、えも言われぬデリケートな快感に、自分でも信じられないほどに淫らに反応してしまいました。

「あふっ、んんふぅ……んあっ、あっ……」

「ああ、たまんない……私も脱ぐのっ……」

真奈さんはそう言って自らもブラウスを脱いで下着を外し、プルンと現れ出た形のいい乳房を、私のまん丸い膨らみに押し付け、ウニュウニュとからませながら、互いの乳首をこすりつけあうようにしてきました。

「ああん、いいっ、オッパイ、気持ちいいっ！」

「あふぅ、ま、真奈さんっ……ふはあぁっ……」

私はもう完全に真奈さんの繰り出してくる淫戯に、身も心も持っていかれてしまっていました。快感が止まらないのです。

「ナオさん、大丈夫？　私、レズのＡＶとかの見様見真似でしかできないけど、ちゃんと気持ちいい？」

「はぁっ……う、うん、すごく気持ちいいっ……ああっ！」

「ほんと？　嬉しいっ！」

真奈さんは喜々とした表情を浮かべながら、さらに今度はお互いの下半身を露出させ、脚をからませて双方の股間を咬ませ合い、より深く密着するようにしてきました。お互いのすでに濡れ乱れた肉びらがニュチュニュチュ、ジュブジュブとからみ合い、そのいやらしすぎる肉感に、生まれて初めて味わう官能が満ち溢れ、際限なくほとばしるようでした。

「ああっ、ひっ、こ、こんなの……気持ちよすぎるぅぅぅ！」

「ああん、私も……ナオさん、大好きよ～～～～～っ！」

がぜん、お互いに激しく股間をこすりつけ合い、次から次へと訪れるオーガズムの波に、私たちは呑み込まれていってしまったのでした。

私と真奈さんとのいけない関係は、まだこの一回だけですが、時折ふと、その官能を思い出し、ついついオナニーしちゃう時もあって……また二人で愛し合うのも。時間の問題かもしれませんね。

■わたしはうっとりしながら、それを摘まんで軽く持ち上げると、亀頭部分を咥えて……■

わたしは伝説のトイレ穴おしゃぶり女！

投稿者 三谷由衣（仮名）／33歳／専業主婦

わたし、ビョーキなんです。

それもかなり重症の。

これでも傍目には、某一流上場企業に勤めるエリート夫を持ち、自身も某有名お嬢様大学を出て、お受験して某有名私立小学校に通う出来のいい娘を持つ、どこに出しても恥ずかしくないプロフィールを持つキラキラの奥様なんだけど……中身はとんでもなくどろどろってていうわけです。

え、いったいどんなビョーキなのかって？

それはね、こんな具合なんです。

たとえば先週、夫と娘が隣りの市にある夫の実家へ泊まりに行って留守の、土曜日の夜中の十二時過ぎ。

わたしはいそいそと家を出て、歩いて十分ほどのところにある、小さな公園に向かいます。目的の場所はその一番奥にある、古びて汚い公衆トイレです。

真っ暗な中に、煤けた裸電球だけがくすんだ光を放つそこは、男女の区分けがされておらず、男性用の小便器が三つと、ドアのある個室トイレが二つ並んでいます。先に書きましたが、そこはもう本当に汚くて、昼間ならまだしも、夜なんてまず誰も利用しようとは考えない、最低レベルの環境です。

でも、私にとってそこは夢の社交場。

二つあるうちの一方の個室トイレに入り、閉じた便座の上に座って内鍵をかけます。するとと、ちょうどその座った目線の高さ、隣りの個室との薄っぺらい間仕切り壁にぽっかりと直径七センチほどの穴が開いているのが見えます。

これが私にとっての夢の社交場の中枢。

その穴を見つめながら、ひたすらお相手を待ちます。

と、隣りの個室のドアが開け閉めされ、誰かが入ってくる気配を感じます。

（ああ、来た……）

わたしの胸は期待に高鳴り、ごくりと生唾を呑み込みます。

がさごそとズボンを下ろす衣擦れの音が聞こえたかと思った次の瞬間、待ちに待った瞬間が訪れました。

穴から、だらんと突き出されたもの……もちろんそれは見知らぬ男性器。

通常時の弛緩したそれは七～八センチの平均的なもので、顔を近づけて匂いを嗅ぐと、それなりに生臭いすえた香りがします。

理想的です。

無臭できれいすぎてもつまらないし、かと言って悪臭ふんぷんの汚なすぎるのも、さすがに抵抗があります。

このくらいの適度に〝主張〟を持ったものが、わたしは大好きなのです。

（ああ、そうよ、いいかんじだわ……）

わたしはうっとりしながら、それを摘まんで軽く持ち上げると、亀頭部分を咥えて、くちゅくちゅと含み舐めます。唾液をくびれの溝にぬるぬるとなじませ、鈴口のくぼみのところも舌先でくにゅくにゅとほじくってあげて。

それをしばらく繰り返していると、徐々に全体がみなぎってきました。

差し渡し三センチほどだった亀頭は、赤黒く充血し四センチ超まで膨らみ、細く柔らかかった肉茎も直径三センチほどに硬く昂ぶり……ついには全長十三センチほどに成長し、表面に太い血管を浮き出させたそれは、穴から九十度近い角度で先端をもたげ、堂々と屹立していました。

（ああ、いいわ、とってもすてきよ……）

わたしは、ますますそれが愛おしくてたまらなくなって、肉茎の裏筋を上から下から何度も舐め上げ、舐め下ろしていきます。

そして、時にビクビクと震える亀頭をぱっくりと咥え込んで、唾液をたっぷりと分泌させながら、ねろねろと亀頭のくびれを舐めしゃぶり、鈴口から滲み出してきたカウパーを唾液もろとも、ずずずずっと啜り上げて。

それら一連の動きをだんだん激しくさせながら責め立てていくと、

「ううっ、くうっ、んぐっ……」

感極まったようなくぐもり声が隣室から聞こえ、それがどんどん大きくなってきて……かなり切羽詰まってきたようです。

本当はタマのほうも可愛がってあげたいのだけど、この穴の大きさじゃ、それはちょっと無理。わたしは仕方なく、先端をしゃぶりながら肉茎をしっかりと掴んでしごき立ててあげます。

そうするうちに、わたしのほうもだいぶ盛り上がってきました。

空いているほうの手を股間にやり、パンティの中に突っ込んで自慰行為に耽ります。もうびっくりするくらい、グチャグチャに濡れ蕩けています。

じゅっぽ、ぐっぽ、んじゅ、ぐぷ……ぬちゅ、くちゅ、にゅる……ぐっちゃ、ずっちゃ、にゅっちゃ……わたしがしゃぶる音、しごく音、オナる音、それらが混ざり合い、高まり合って、狭い個室内に響き渡っていきます。

すると、とうとう、

「ああっ、くうっ、もうだめ……出るぅ……！」

隣室からひと際大きな喘ぎ声が聞こえたかと思うと、肉茎がビクビクッと大きく打ち震え、わたしの口内に大量の精液を噴き出させました。

「んんっ、んぐっ、うぐ、うぐ、うふぅ……」

押し寄せる陶酔感の中で、わたしはそれをすべて飲み下しながら、自らもまた最高のオーガズムに達していたのです。

そう、わたしは夜な夜なその公園のトイレに出没する、伝説の穴おしゃぶり女。月に一度はやらなきゃおさまらない……。

ね、相当ビョーキでしょ？

ほんと、人は見かけじゃわからないものですよね。

■兄は上下逆の姿勢で覆いかぶさり、私のアソコを舐めしゃぶってきてくれて……

この世で最愛の兄とついに結ばれたあの夜

投稿者 浅尾まゆこ（仮名）／26歳／OL

私がこの世でもっとも愛する男性……それは三つ年上の兄以外、存在しません。ものごころついた時から、兄しか目に入りませんでした。

その想いは年を経るごとに高まっていって。

私が中一の時には、高一の兄はもうすでに身長が百八十センチあり、すぐにバスケ部に入って活躍しだし、そのイケメンぶりもあいまって、多くの女生徒のハートを虜にしていました。

もちろん、一番の虜は私だったのですが。

家で、兄がシャワーを浴びている間に、こっそりそのパンツを洗濯カゴから拝借してくると、それを自分のベッドの中に持ち込み、生々しく青臭いオスの匂いを嗅ぎながら、それを自分の股間に押し当てながらオナニーして……。

「あん、ああ、お兄ちゃん……すき、だいすき……はぁ……」

中一でありながら、私は毎晩のようにそんな淫らな、でも、ひたすらまっすぐな行為に耽るようになってしまっていたのです。

その後、兄は他県の大学に進学し、家を出てしまいました。

兄がいなくなった家は、私の日々の生活は、とにかくもう空虚でつまらなくて……人生最悪の期間だったといってもいいでしょう。

そして、私も大学を卒業し就職しました。

社会に出て働きつつ、親への配慮や世間体もあり、さすがにいい加減、兄のことを忘れて結婚を考えなければ、と何人かの男性とつきあったのですが……それはかなり難しいことでした。

でも、所詮はいつかはあきらめなければならないこと。

私は思い切って、友人の紹介で知り合った四つ年上の公務員の男性と、二十四歳の時に結婚したのでした。これで子供でもできればさすがに……と思って。

でも、その前に兄の結婚が決まったという知らせが届きました。

えっ、まさか、と激しいショックを受けました。

「結婚？　いやいや、まだまだ。そんな相手すらいないよ」

って、ついこの間のお盆の時に言ってたじゃない⁉

なのに、その舌の根も乾かないうちに、同じ会社の三つ年下の相手と半年後に結婚するって。

三つ年下。

私と同じ。

何それ？　なんで私じゃダメなの？

理不尽だとはわかりながらも、そんな激しく狂おしい想いに胸を掻きむしらんばかりの私でした。

そして決心したのです。

兄が他の女のものになってしまう前に、一度だけでいい、兄に抱かれようと。

そして、それをもって金輪際、兄のことは忘れ、普通の妹になろうと。

私は夫に、高校時代仲のよかった女友達数人とプチ同窓会があるからとウソを言って、一晩の外泊許可を得た上で、兄が一人住まいをしているアパートに向かいました。

もちろん兄には、ちょっと相談があるからという名目で訪問の約束は取りつけて。

「おう、いらっしゃい。こんなむさ苦しいところでゴメンな」

そう言って、兄は私を中に入れてくれました。

時刻は夜の八時過ぎ。

なんでこんな遅い時間に、と兄も怪訝に思ったかもしれませんが、昔からちょっと変わったところのあった私に、あえて何も問いませんでした。

「で、相談って何？」

お茶を入れてくれながら、兄は促してきましたが、私はのらりくらりと適当にはぐらかしながら、〝その〟機会を窺っていました。

そして、そんなこんなで十時近くになった頃、私はついに行動を起こしたのです。

要領を得ない私に対して若干愛想をつかし始めた兄が、テレビのほうにリモコンを向けてザッピングし始めた時、私はその背後からいきなり抱き着き、

「お兄ちゃん、すき！　だいすき！　ずっと、ずーっとすきだったの！」

と叫びながら、無理やり唇を重ねていったのです。

不意をつかれた格好の兄は唇をふさがれてしまい、目を白黒させながら私を突き離そうとします。でも、ここが人生最大の勝負どころ、私は死んでも離されまいと全力でしがみつき、必死で兄の唇を割って自分の舌を滑り込ませていきました。

「んんっ……んぐ、んんんふぅ……う、ぶはぁっ！」

ようやく私の舌と唇から逃れた兄は、まさに驚愕の表情で私に問い詰めてきました。

「まゆこ、何やってんだ⁉　俺たち兄妹だぞ？　なのにこんなこと……」

「なんで兄妹だとダメなの？　あたし、お兄ちゃんのこと、本当にすきなんだもん！　ね、一度だけでいいの！　一度だけ抱いてくれれば、お兄ちゃんのこと忘れるって約束するから！　ね、おねがい！　おねがいだから……うっ、うぐ……」

私は感情の昂ぶりのままに泣いて懇願していました。

すると、ようやく兄にも私の真剣さが伝わったようでした。

涙ぐむ私のことを黙ってしばらく見つめたあと、こう言ったのです。

「おまえ、そんなに俺のことを……わかった。でも本当にこの一回限りだぞ？　そしたらきれいさっぱり俺のことは忘れて、おまえはおまえの結婚を、幸せを大事にするって約束するんだぞ？」

「……うん、わかった、約束する。あたしだってお兄ちゃんに幸せになってほしいもの。これでもちゃんとお兄ちゃんの結婚を祝福してるんだよ？」

ウソですけど、そう言って兄の目をまっすぐに見返しました。

気持ちだけは、兄はずっと私のもの。

そう思っていましたから。

でも、私もオトナですし、そこはそれ……ね？

改めて兄は私と唇を重ねてくれました。

そして、チュウチュウと吸い合い、舌をヌルヌルとからませて……そうするうちに、私はもちろんですが、兄のほうも理性より本能のほうが勝ってきたようで、息を荒く喘がせ、体が熱を持ってきて……みなぎるオスの欲望が伝わってきました。

「あふ、んん……お兄ちゃん……」

私は兄の股間に手を伸ばし、スゥエットパンツの中に潜り込ませると、いつの間にか先端を濡らして硬く勃起していたソレを摑み、少し粘ついた液を塗りのばしながら、ニュルニュルと亀頭から竿、そして玉袋……と、男性器全体を撫でしごきました。

「あ、ああ、まゆこ……そ、そんな……あう……」

兄の喘ぐ声を聞くと、無性に嬉しくなってしまいます。

私はさらに、今度はスゥエットパンツを引き下ろして、ブルンッと勢いよく立ち上がったソレに食らいつき、想いの丈を込めてフェラチオしました。亀頭の笠のくびれに舌をからめてねぶり回し、鈴口のところを舌先をすぼめてほじくり回し、竿から玉袋にかけてを舐め上げ、舐め下ろし……すると、その快感に喘ぐようにビクビクと震えるのが、もうなんとも愛おしくて。

「あっ、あっ、ああ、まゆこぉ……」

兄はそう言いながら、もどかしげに私のブラウスのボタンを外すと、胸を鷲摑んできました。もちろん用意万端、ノーブラです。兄は驚きながらも勢い込んで私の生乳をワシワシ、グニュグニュと揉みしだき、時折大粒の乳首を弾き、こねるようにしてきました。

ああ、お兄ちゃんの手がオッパイを触ってる……。

私はなんだか万感の想いで、再びこみあげる涙とともに、感じまくっていました。

「んはっ、んぐ……お、お兄ちゃん、いい、いいわ……ああっ！」

「ま、まゆこぉ……」

兄はいきなりガバッと身を起こすと、息せき切って服を脱いで全裸になり、私も同じように剝かれてしまいました。

そして、仰向けにされた私の上に兄が上下逆の姿勢で覆いかぶさり、私のアソコを舐めしゃぶってきてくれました。もちろん私も応えます。下から、ギンギンに硬くたくましくなった兄のソレを咥え、私たちは一心不乱にシックスナインの快感をむさぼったのです。

そうやって優に二十分ほども相互口淫に耽ったあと、いよいよ最後の契りの時がやってきました。

兄はコンドームを着けると、私の両脚を左右に大きく割って、正常位で猛りきったソレをアソコに突き入れてきたのです。

「ああっ、あっ、あっ、あん、ああああっ……」

もう何年も待ちわびたその快感は、本当に感無量で、私はこの上なく淫らに喘ぎながらも、限りなくピュアな感動でいっぱいでした。

「ああ、あっ、まゆこ……あう、もう……イキそうだ……うっ、ううっ……」

「あふぅ、お兄ちゃん……お兄ちゃん、あん、あん、ああん!」

そして、一度大きく全身をわななかせて兄は果て、私もオーガズムを迎えていました。本当は思いっきり兄の精子が欲しかったのですが……ま、仕方ないですよね。

この夜をもって、私は兄のことを忘れ、あきらめました。

でも、心は変わらず、一生愛し続けることでしょう。

■少しでも体の中心で感じたくて、両脚を彼のお尻に回してグイグイと締めあげて……

十三年ぶりの再会エッチに身も心も燃え上がって！

投稿者　佐々木塔子（仮名）／30歳／パート

こんなことってあるのねー。

その日、あたし、午後からのパート勤めのために、シャワーを浴びて身支度を整えてたんだけど、そこへ玄関チャイムの音が聞こえたのね。

「何よ、こんな慌ただしい時に……」

とり急ぎTシャツと短パン姿のまま、インターフォン越しに対応すると、

「あ、こんにちは！　お取り込み中にすみません。私、○○化粧品の遠山と申します。今日は奥様に、当社のとてもすばらしい製品をご紹介したく、伺わせていただきました。ぜひお話を……」

なんだ、化粧品のセールスかよ。

あたしは「間に合ってます」と門前払いを食わそうとしたんだけど、その時、ふと閃くものがあったのね。

……ん？　遠山……？　あの声……？

まさか……あの遠山くん？

ちょっとした胸の高鳴りを覚えながら、ドアの覗き穴から覗いてみると、まさかとは思ったけど、本当にあたしの知ってる遠山くんだった！

そう、高校時代につきあってた、あたしの元カレの。

とっても大好きで、彼のことしか考えられなかった、あの青春の日々……。

でも、なんでもお父さんの仕事の都合ということで、突然引っ越していって、あたしの前からいなくなってしまった遠山くん。

なんだかいっぺんに、その頃の熱くてせつなくて、ピュアな想いがどっと溢れ出してきちゃって……あたしはおもむろにドアを開けると、彼と対面してた。

「えっ……ま、まさか……塔子ちゃん？」

「うん、そうよ、塔子よ……遠山くん、久しぶりだね！」

「そうか、結婚して佐々木さんになったんだね。前は菊田さんだったけど」

「そう。遠山くん、元気そうでよかった。十三年ぶり？」

「ああ、もうそんなになるか。あの時は俺の引っ越しで、いきなりお別れすることになっちゃって……つらかったなあ」

「あたしも。悲しくて三日くらい泣き明かしたんだよ……」

玄関口で立ったまま話しながら、当時の記憶が、感情が見る見る甦り、溢れ出してくるのを、もうどうにも止められなかった。

それは彼のほうも同じだったらしくて、ドアを閉めて内鍵を掛けると、

「ずっと……会いたかったよ」

そう言ってあたしを抱きしめて、唇にキスしてきた。

一瞬、え、あと三十分で家を出ないとパートの時間に間に合わない……と、理性が騒いだけど、一気に爆発した熱いものに呑み込まれちゃった。

あたしと遠山くん、あの頃たしかにつきあってたんだけど、まだ二人とも子供で、純情で……その関係は、この今と同じ、キスどまりだったの。もうそろそろ一歩踏み出した関係に……と、お互いに意識し始めた時に、別れ別れになるはめになっちゃって……だから……、

「塔子ちゃん……あの頃の続き、しようよ」

と、耳元で遠山くんに囁かれた時、あたしに断れるはずなんてなかった。

「ああ、遠山くん……うん、しよ！　あの頃の続き！」

あたしは彼の首筋に顔を埋めたまま、そう呻くように応え、すると彼は慌ただしく

靴を脱いで、あたしの体を抱きかかえたまま、室内に上がり込んできて。

なにしろ狭い2Kのアパートだから、見通しよく、すぐにあたしたち夫婦のベッドルームまで一直線！

あたしと遠山くんは、抱き合ったままベッドの上に倒れ込み、お互いのカラダをまさぐり合いながら、一段と激しいキスを交わしたわ。舌をからめ、歯茎を舐め合い、唾液を啜り合って……当時はほんと、唇を触れ合わせるだけの可愛いキスだったのが、こんなあられもないことができるようになるなんて。

あたしたち、オトナになったのねえ。

でも、とめどなく溢れ流れ出す熱い想いは当時のまま。

遠山くんはいったん体を起こすと、膝立ちになってネクタイをはずし、いかにももどかしげにスーツを脱いで、裸になっていった。もちろん、あたしも寝そべったまま頭からTシャツを脱ぎ、短パンを下ろして、彼に相対する。

「ああ、塔子ちゃん、とってもいい香りがするよ」

「うん、これから仕事に行こうと、シャワーして体洗ったばっかりだったから」

「え、ごめん、そんなタイミングで……」

「ううん、いいの……全然いいの！」

あたしはそう言って、下から彼の首に両手を回すと、ぐっと引き寄せて、いよいよ二人、生まれたままの姿で抱き合ったっていうわけ。

もう、なんていうのかな……お互いの全身の肌と肌が密着して、その熱い体温が、激しい心臓の鼓動が伝わってくると、なんだかどうしようもなく感情が昂ぶっちゃって、溢れる涙が止まらなくなっちゃった。あたしの今までの人生で、ここまで感動したことってあったかしら⁉

あ、やっぱり彼も泣いてる。

本当に心の底から嬉しい！

彼はまるで赤ん坊のようにあたしのオッパイにむしゃぶりついてきて、一心不乱に乳房を舐め、乳首を吸ってきた。夫とのセックスでは感じたことのない、ビリビリするような電流じみた性感の奔流が流れ込んできて、あたしはとんでもなくカラダをのけ反らせて感じまくっちゃってた。

「ああん、遠山くん……すきよ、だいすき！」

「はぁ、はぁ、はぁ……塔子ちゃん、俺も……俺も大好きだよぉ！」

それからあたしたちは、まるでケダモノが盛るみたいに必死になって、お互いの性器をむさぼり合ったわ。

あたしは遠山くんのペニスを喉奥まで深く呑み込み、締め付けながら何度も何度も顔をグラインドさせてしゃぶり立てて。

遠山くんは、あたしのクリトリスを舌先でこねくり回し、ヴァギナの奥深くまで突っ込んで掻き回してきて。

もう限界だった。

あたしたちは完全に昂ぶりきったカラダをぶつけ合うようにして……ついに十三年の時を超えて、ひとつになったの。

あたしは彼のペニスをヴァギナに迎え入れ、少しでも深く、体の中心で感じたくて、両脚を彼のお尻に回してグイグイときつく締めあげて……彼のほうもそれに合わせるかのように力強いリズムでズンズンと突き攻めてきて……。

「あん、あん、ああ……いい、いいわ、遠山くん！」

「あう……お、俺も、くう……塔子ちゃん！」

十三年分の快感っていうのかしら？

それはもうとどまることを知らなくて、あたしの体中に爆発するようなエクスタシーが充満していくようだったわ。

そして、ひときわ彼の怒張が大きく、力強く感じられたと思った、次の瞬間、

「あくぅ……もう俺、イキそう……んっ、くぅ……ああっ！」

「ああん、あたしも、あたしも……遠山くん、あたしの中で、いっぱい、いっぱいイッて～～～～～！」

盛大なほとばしりが、あたしの胎内で炸裂し、満ち満ちた。

同時に、信じられないようなオーガズムが襲いかかってきて、あたしは失神せんばかりの勢いで絶頂に達してた。

それは、ものの十五分ほどの、でも、十三年分の想いの丈が詰まった、忘れられない時間だったわね。

もう彼と会うことはないだろうけど、この再会をお膳立てしてくれた神様に感謝というところかしら。

ほんと、人生、何が起こるかわからないものね。

■前がはだけられると、吉田さんは乳房を舐め始め、部長は私の股間に顔を埋めて……

会社の慰安旅行での3Pパーフェクト・エクスタシー体験

投稿者 板橋美緒子（仮名）／38歳／パート

「ふぅ〜〜、いいお湯だったわねぇ」

「ほんとー、日頃の疲れが一気に吹っ飛んだわ」

今日はパート先の会社の慰安旅行。

参加者三十六名は、今朝早く会社がチャーターした大型観光バスに乗って伊豆にやってきた。シャボテン公園や城ヶ崎海岸をサクッと回って早めに宿に着き、夕方からは三時間にも及ぶ大宴会。

その後、部屋に戻ってひと風呂浴びて出てきた時には、午後8時を回っていた。

「さてっと。体も十分温まったことだし、そろそろ休もうかな」

私は、入り口の襖に一番近いお布団の中に足を滑り込ませた。

「ええ〜、板橋さん、もう寝ちゃうの？　お楽しみはこれからだよ〜？」

「そうだよ、二次会は女子だけで地下一階のスナックに大集合よ！　夜中二時まで営業してるんだって。さっき確認しといた」

同部屋のパートさんたち三人はいずれも酒豪だ。さっきの宴会でも生ビールやらチューハイやら色々飲んでいたが、ほとんど酔っていない。

「ごめん、疲れてるから私はいいわ……」

正直言うとたいして疲れてはいなかったが、下戸の私が酒飲みたちの中に混ざると、何が悲しいって、均等に割られるお会計。忘年会とかなら仕方ないけど、旅行先での(予定外の)出費は困る。

喜々として部屋を出ていく三人の背中に「楽しんできてね～」と声をかけた。

一人になった途端、部屋が静まり返る。テレビをつけてしばらく見ていたら、グィ～ングィ～ン……と、マナーモードのスマホが震えた。

「はい、もしもし?」

電話の相手は直属の上司の吉田さんだった。といっても、私より四つも若い上司なのだが。

「女子会に行かなかったんだって?　さっきエレベーターん中で聞いたけど。具合でも悪いの?」

「あ、いいえ。普通に元気ですよ、寝っ転がってテレビ見てます」

「ほんと？　だったら今すぐ部屋に来てもらっていい？　話があるんだけど。その……会社ではちょっと話しにくいことだからさ……あ、七〇五号室だからね、よろしく！」

プツッと通話は切れた。たぶん緊急なのだ、私は茶羽織をひっかけて大急ぎで吉田さんの部屋に向かった。

コンコン……七〇五号室のドアをノックすると、程なく吉田さんが顔を出して、

「さ、入って入って」

私を部屋に招き入れ、カチャッとドアに内鍵をかけた。

「あ……あの、吉田さん？」

一瞬嫌な予感がして後ずさりしたが、時すでに遅し。

後ろから誰かにガバッと抱きつかれ、「んぐっ」と口を押さえられたまま引きずられ、布団の上まで連れていかれた。

「板橋君、大きな声をあげても無駄だよ、七階で泊まり客がいるのは、この部屋だけらしいからな」

そう言ってイヒヒと笑ったのはF部長だった。

な、なに？　……F部長が一体なぜ⁉　プチパニックを起こす間もなく、部長に背

後から浴衣の胸の隙間に手を入れられ、ブラジャーごと乳房を鷲掴まれると、首筋を舐められた。

「や、やめて下さい」

肘鉄をついて抗うと、「いてて」と部長の腕が離れたので、その隙に逃げようとしたが、今度は吉田さんが私にタックルし布団の上に倒してきた。仰向けに返された私は瞬く間に帯をほどかれ、前がはだけられると、吉田さんは乳房を舐め始め、部長は私の股間に顔を埋めてきた。

「ほぉ～～、マ〇コから石鹸のいい匂いがするよ……ヒヒ……」

ゆっくりと私のパンティをずり下ろしながら……チュウ～～～チュウ～～～と、部長の分厚い唇が私の一番感じる穴の入り口を吸う。

「アア……ン……」

こんな声を出しちゃマズい……頭ではそう考えても、体がいうことを聞かない。吉田さんに左右の乳首を、部長にクリトリスを……舐められ、吸われ、いじられ……、

「んん、んああ～～」

自分でもびっくりするほどの甲高い喘ぎ声を漏らしていた。

「感度いいねぇ、こんなにマン汁が溢れてるよぉ」

その嫌らしい言葉にも子宮が反応し、澱みなく私の膣液がドクドクと流れ出てくる。

部長は私に四つん這いになるよう命じた。私はとっくに観念してたから、

「尻をもっと突き出して」

言われたとおりに黙って従う。すぐに部長のイチモツがスムーズに私の中にぬめり入ってきた。

パンパンパンパン……子宮口まで簡単に部長のソレは届き、

「ああ、いいです、そこ……そこ……」

私はまたしても無意識にそんな言葉を発していた。

「君の膣圧も凄いよ、ああ、よく締まってるよ、最高だよ……」

その様子を黙って見ていた吉田さんが私の口の中に、そそり立った肉棒を突き挿した。ズブズブと私の喉まで入ってきたイチモツは、吉田さんの華奢な体からは想像もできないほど太くて大きい。私が舌をからめてしゃぶってあげると、今度は吉田さんが「ああ、いいよ……最高だよ……」と言った。

パンパンパンパン……下の口でも上の口でも、男根が激しく動いている。

吉田さんは私の脇から手を回し乳首を摘まみ、部長の指は私のクリトリスをいじり
……性感帯のすべてが刺激された私は小さな絶頂を迎えていた。

3Pなんてポルノ映画かAVの世界のことだと思っていたけど……ましてや慰安旅行で会社の上司たちとこんなことを……煌々とした灯りの下で……。

「ンンン～～　ウグ～～～～」

私は淫らに腰を振りながら次の大きな波、感動のエクスタシーに達した。

同時に部長も私の膣の奥でイき、吉田さんは私の口の中にザーメンを放って果てた。

ハァハァハァハァ……三人とも、濡れてぐちゃぐちゃになったふとんの上にだらしなく寝ころんだまま、疲れ果てて身動きもとれない。

数分経った時、

「時に相談なんだが、板橋くん」

部長が、いつもの真面目な声で話し始めた。

「君を正社員に推してあげようと考えてるんだが……」

「え、本当ですか、部長！」

「ああ、そのかわりと言っちゃあなんだが……」

「ストップ！　その先のセリフは言わなくてもわかりますよ♪」

これからもちょくちょく3Pやらせてくれって言うんでしょ？　こんな快感、夫とのセックスでは一度も味わったことのない、究極のパーフェクト・エクスタシーだ。

（しかも夫とはもう三年以上もセックスレスだし）

私の方こそ、

「今後ともよろしくお願いいたします」

というものだ。

今までなんだか冴えない日々だと思ってたけど、ちょっと楽しくなりそうだ。

■アソコの中では中太バイブがウネウネとうごめいて、私の肉ひだをえぐり掻き回し……

元カレとの羞恥プレイ不倫エクスタシーに燃えて！

投稿者　湯浅倫子（仮名）／24歳／専業主婦

丸二年つきあった彼とようやく結婚したはいいものの、その新婚早々、彼の単身赴任が決まってしまって……一ヶ月という短期間とはいえ、とにかくヤリたい盛りだった私にとって、それは永遠に続くかと思われるほど耐え難い長さでした。

んなわけで、思わず学生時代の元カレに連絡しちゃったんです。

私のカラダの隅々まで、勝手知ったるカレにお相手してもらって、この生殺し状態の肉体の悶々を鎮めてもらおうと思って。

そしたら、

「うん、まあ、相手してやらないこともないけど……ただ前と同じプレイしてもつまんないし、ちょっと変わったことしてみない？」

なんて言われて、私としては前と同じだからこそいいのに……って、少し不満でしたが、ここでヘンに拒絶してカレから突き放されたら、また違う相手を探すのもめんどくさかったので、渋々了承しました。

「よし、じゃあ明日の正午にオレのアパートに来て。よろしくー」

カレの言う〝変わったこと〟っていうのがどういうものかは全然わからなかったけど、過去ヤリ狂った相手と久々に会えるっていう期待感に、私は胸高鳴り、アソコも疼いてズキズキ状態でした。

翌日。

大学を卒業後、システムエンジニアの仕事をしているカレは、もちろんまだ独身で、三年ぶりに訪れるそのアパートのたたずまいに懐かしさがこみ上げてきました。

「よう、いらっしゃい」

カレは私を迎え入れると、間髪入れずに例の〝変わったこと〟を実行するための仕込みを始めました。

私を素っ裸に剝くと、何やら怪しげなものを取り出してきて……それは、いわゆるオトナのオモチャと呼ばれるたぐいのものでした。

小さくて可愛らしい卵型のピンク色のローターを二つ。一つずつ、私の左右の乳首にテープで貼り付けました。

長さ十五センチ、太さ四センチちょっとはあるペニス型のバイブレーター、その先端を自分でしゃぶって湿らせてから私のアソコに挿し入れ、ニチュニチュと奥のほうまで突き入れてきて……しっかりと根元まで入った状態で、抜け落ちないように、これまたテープでしっかりと固定されてしまいました。

それで終わりかと思いきや、カレは次に少し細身のバイブレーターを取り出してくると、なんとそれを私のアナルにえぐり入れてきたんです。

「は、はひぃ……！」

私、正直そこは未体験だったので、思わず軽く喘いでしまいました。

カレはそんな私をニヤついて眺めながら、こちらも同じく抜け落ちないよう、奥まで刺さったところでテープで固定してきました。

左右の乳首にピンクローター、アソコに中太バイブ、アナルに細身バイブ……という、三点、いえ四点責めの格好で、私はその上に下着や衣服を着させられました。

「ううん……なんかもう、体中を犯されてるみたい……はぁっ」

私がそう言って声を上ずらせると、カレは悪魔のような笑みを浮かべて、

「ふふ、まだ始まってもいないのに、今からそんなこと言っててどうするんだ？　本番はこれからさ。さあ、お出かけといこうか！」

と言い、私は思わず、

「ええっ、この状態で外へ⁉　正気？」

と、非難じみた声をあげてしまいました。

「だってこれが、俺がやりたかった〝変わったこと〟だもの。この間読んだエロ小説がすっごく興奮モノでさ！　同じことしたくなっちゃったんだ」

なるほど……そう言われると、今さら躊躇しても始まりません、私は意を決して、カレにエスコートされるまま、体中にオトナのオモチャを仕込まれた状態でアパートをあとにしたんです。

それから私とカレは電車に乗りました。

さすがに土曜日ということで乗客はそれほど多くはなく……でも、だからこそ私はいたたまれない思いを味わうこととなりました。

いくつか席は空いているというのに、カレは私にドア脇に立って乗ることを要求し、私は仕方なく従いました。

と、次の瞬間、体のあちこちで湧き起こる、えも言われぬ蠕動（ぜんどう）……。

ピンクローターの振動が、ヴヴヴ……と乳首を小刻みに震わせ、最初右側が強く、左側が弱かったのが、交互にそれが訪れるようになったかと思うと、いったん両方とも静止したのが、一気に同時に振動しだして……！　その快感の波状攻撃に、私はたまらず「ううっ……」と小さく呻きながら、両胸を手で覆うようにしてしまいます。

さらに下半身……アソコの中では中太バイブがウネウネとうごめいて、私の肉ひだをえぐり掻き回しながら、大暴れしています。

そしてそれから少し遅れて、アナルのほうの細身バイブもうねり暴れ始めて……。すべてカレがリモコンで遠隔操作して、私を弄んでいるんです。

もう膝はガクガク、腰の辺りはズキズキと疼き震えて……そこへ合わさってくる乳首への波状攻撃がまたたまらなくて……私はドアに寄りかかって息を荒げ、悶絶してしまうのです。

これが満員状態だったら、たぶん誰も気にならなかっただろうに、ヘンに空いてて見通しがいいものだから、周囲の乗客たちが奇異な目をして私のことを見てくるんです。でも、一応隣りに彼氏らしき人間がいるから、あえて誰も「大丈夫ですか?」とか声をかけてくることもなく……。

結局、降車駅に着くまでの十五分間、私はさんざん電車内での羞恥快感プレイにさらされ、悶えまくることとなりました。

そしてそのあとランチに入ったレストランでも、カレは容赦なく私のことを責め立てて……私はパスタを頼んだんですけど、食べてる間中ずっとグチャグチャに弄ばれて、当然まったく食べた気がしませんでした。

次に繁華街をウインドーショッピングしましたが、その間も攻撃はやまず、私はもうフラフラでまともに歩けない状態……。

そしてようやく、夕方の六時頃、ラブホに入って『市内引き回し羞恥プレイ地獄』から解放されることになったんですが、もう私、体中ドロドロ状態で、昂ぶりまくってしまってどうしようもありませんでした。

もちろん、そのあと満を持して味わったカレとのエッチは、もう超サイコー！

私はイッても、イッても、もっともっとと彼のチ○ポを、セックスを求め、たぶん十回以上はオーガズムに達してしまったんじゃないかと思います。

その後、夫の単身赴任期間も終わり、通常夫婦セックス・ライフに戻ったんですけど、正直、また元カレとのあの刺激に満ちた羞恥プレイをいつか楽しみたいと思っている、とっても淫乱ドスケベな私なんです。

■彼はエプロンの上から私の胸を鷲掴みまさぐり、激しく揉みしだいてきて……

都会から来たお客さんの誘惑に淫らに体を開いて

投稿者　三田村綾（仮名）／33歳／自営業

北陸の某県の海辺の町で、主人と二人で食堂をやっています。近くの漁港で揚がる新鮮な魚を安く、ボリュームたっぷりに食べさせるということで、けっこう評判のいい店なんですよ。

でもまさか、私のカラダまで食べさせることになるとは、思いもしませんでした。

その日の夜、町内の寄り合いがあるということで、まだ閉店時間前ではありましたが、主人は近所にある公民館に出かけていきました。まあ、もうお客さんも二人しかいなかったので、私一人でも十分だろうということで。

そのうち、一人のお客さんがお勘定を済ませて帰っていき、いよいよ最後のお客さん一人だけになりました。閉店時間の八時まで、まだ五分ほどあります。私は洗い物をしながら、そのお客さんが腰を上げるのを待っていました。

と、突然、向こうから声をかけてきたんです。

「よかったら奥さんも一杯やりませんか？」

よくあることではありますが、もう閉店時間まぎわということで、私は早くお店を切り上げたくて、こう答えていました。

「すみませーん、もうそろそろ看板なんですよねえ。お気持ちは嬉しいんやけど」

でも、そのお客さんは簡単には引き下がりませんでした。

「まあ、そう言わずに。今日は商談がうまくいって、祝杯をあげたい気分なんですよ。でも、一人だと味気ないしなあ……ね、奥さん、頼みます、つきあってくださいよ」

「はあ……」

私もそこまで言われると、まあ根が嫌いじゃないもので、それじゃあちょっとだけ、ということでご相伴に預かることにしました。

ビールを注いでもらいながら話を聞くと、彼は私より少し年上の三十六歳で、東京のほうから出張で来ているということでした。食品会社の人で、新しい加工食品の製造のためにこっちの水産業者と魚の仕入れに関する商談に訪れ、それが期待以上にうまくまとまったということでした。

「それはよかったですねえ」

「はい。おまけに、こんな美味しいお店にも出会うことができて、今回の出張、本当にラッキーだなあ」

「まあ、ありがとうございます」

褒められれば、もちろん悪い気はしません。私は彼にのせられ、勧められるままにビールのグラスを空け、どんどんいい気持ちになっていきました。

気がつくと、ついさっきまでテーブルを挟んで対面にいた彼が、いつの間にか私の隣りの席に座っていました。ぴったりと体を寄せるようにして、顔と顔がもう触れ合わんばかりです。

「それに、こんな美人のおかみさんとも出会えて……」

耳朶に触れんばかりの近くでそう囁かれて、私は一瞬、ぽわんと上気してしまいましたが、ハッと気を取り直して言いました。

「はは、やだわぁ、お客さん。そんな冗談……こんな年増女つかまえて。しがない食堂の嫁ですよ？　おだててもお勘定安くなったりしないんだから」

なんだかヤバイ雰囲気を感じたので、そう釘を刺したつもりだったのですが、彼は一向に引き下がる様子を見せず、

「冗談でも、おだてでもありませんよ。奥さん、すっごい魅力的だ。なんていうか……都会の女にはないピュアな色気があって……ああ、たまんないなあ」

と、ますます昂ぶった口調になって囁いてきたんです。

同時に、熱い吐息が私の耳朶をくすぐり、なんだかゾクゾクしてしまいました。

彼は決してイケメンというわけではないんだけど、細身のスーツに身を包み、丁寧な標準語で語りかけてくるその洗練された雰囲気は、この辺の男たちには決してないもので、私の中の都会的なものに対するあこがれもあって、とっても魅力的に感じてしまいました。

いつの間にか、しっかりと肩を抱かれていました。

そして、ねっとりとしたキスをされていました。

舌が唇を割って入り込んできて、私の口内を舐め回し、唾液を啜り上げるようにしてむさぼってきました。

「ん……あ、だめ、お客さん……あん……」

という言葉とは裏腹に、私のカラダはどんどん蕩けてしまいます。

すると、彼はおもむろに立ち上がってお店の戸口に向かうと、シャッターを閉めて鍵をかけてしまいました。

「主人が、あと一時間ほどで帰ってきちゃうから……」

私が言うと、

「じゃあ、急がないとね」

彼はそう言って微笑み、再び私のほうに戻ってくると、あらためてギュッと抱きしめてきました。そして、

「奥さん、いきなりこんなことしちゃって、本当にすみません。でも、どうにも自分を抑えられないんです。普段、生意気で高飛車な都会の女に辟易してるからかなあ？　奥さんのピュアであったかい魅力に、もうどうにも抗えなくて……ああっ！」

と、口早に言うと、エプロンの上から私の胸を鷲掴みまさぐり、激しく揉みしだいてきました。それは細身の体には似合わぬ力強さで、そんな意外性がまた私の昂ぶりを助長するようでした。

「ああ、奥さん、オッパイもとっても大きいんですね……舐めたい……服、脱がしてもいいですよね？」

彼は私の首すじに舌を這わせながらそう言うと、流れるような手際のよさで私を裸に剝いていきました。そして、あっという間に全裸にされると、白くて丸い乳房に吸いついてきたんです。

「んんん、すごい……奥さんの胸、Gカップくらいある？」

「ん……エ、Hカップ……」

「Hカップ？　そりゃすごいはずだ」

彼はさも嬉しそうに言うと、両胸を揉み回しながら乳首にむしゃぶりつき、ベロベロ、チュウチュウと舐め吸い立ててきました。

「ああん、はあ、あああ……んあああっ……」

椅子に座ったまま、全身をよじらせ、のけ反らせながらよがり、私は自分でも手を伸ばして、彼の股間をまさぐっていました。ズボンの上から触れると、もうびっくりするくらいに硬く大きく盛り上がっていました。

「ああ、とっても大きい……」

それは、主人のモノよりひと回りほどもたくましくて、私はがぜん、早く入れてほしくてたまらなくなってしまいました。

今度は私のほうから身を起こし、彼のズボンのベルトを外すと、一気に引き下げて、その下半身を露出させました。そして、ブルンと大きく反り返ったモノに自分からむしゃぶりついて……一心不乱にフェラしたんです。

「ああ、奥さん、いいよ……最高に気持ちいい……ああ、あ……」

しばらくそう喘ぎながら、私の乳房をいじくっていた彼でしたが、いよいよ極まってきたかと思うや否や、ガバッと身を起こして私を膝の上に抱き、下からモノを突き入れてきました。

その衝撃ときたら本当にすごくて、私は一瞬、気絶しそうになってしまったくらいでした。そのままゆっくり、そして徐々に彼のピストンが速くなり、ついに最高のスピードで私の胎内を貫きえぐってくると、快感は最高潮に高まっていきました。

「ああっ、イク……んあっ、はぁ……！」

「くう、奥さん、奥さん……お、俺もっ……！」

最後、私は彼の噴出を中で感じながら、最高のエクスタシーをむさぼっていました。

その後、彼はそそくさと帰っていき、私は何食わぬ顔で、寄り合いから戻ってきた主人を出迎えました。

「奥さん、またきっと来ますからね」

去り際、そう言っていた彼。

半信半疑ながら、どこかでその言葉に期待している私がいました。

■私はたくましく屹立している舅の男根を咥え込み、一心不乱にしゃぶり倒して……

舅の腕の中で淫らに悶え喘いだ禁断の昼下がり

投稿者 森川夕貴(仮名)/31歳/パート

つい先月のことです。

ある日の昼間、田舎から突然、夫の父親……舅がうちのアパートを訪ねてきたんです。幸い、私もその日、パートが休みだったので応対することができましたが、さすがに驚いてアポなし訪問の理由を尋ねると、思いもよらない答えが。

「いやあ、つまんないことでうちの奴とケンカしちゃってね。家を追い出されちゃったんだ。最初、友達の家にでも行こうかと思ったんだけど、そこでふと夕貴さんの顔が浮かんじゃって……そういえば、最近会ってなかったなあって」

ですって。

普通の嫁だったら「ふざけんな、このジジイ!」ってなるところでしょうが(笑)、私はその逆でした。

舅は今年六十二歳になりますが、年齢を感じさせない若々しさで、とってもエネルギッシュ！　線が細くてどちらかというとひ弱感のある夫と違って、とてもたくましい男性でした。最初こそ夫のような異性が好みだった私でしたが、それから幾度も舅と顔を合わせ、その言動に触れているうちに、正直、舅に男としての魅力を感じるようになっていってしまったんです。

だから、この突然の訪問は、とても嬉しいものでした。

「そうだったんですかー。まあ、お義母さんも、そのうち頭を冷やしてくれますよ。どうぞ遠慮なく、うちでほとぼりをさましてくださいね」

私はそう言って、いそいそと冷蔵庫からビールを取り出すと、舅に勧めました。

「いや、これはすまないね〜……こんな真昼間から……でも、せっかくだからお言葉に甘えて」

私からビールをコップに注がれた舅は、喉を鳴らして美味しそうに呷りました。

「ぷは〜っ！　く〜〜っ、昼間の酒はきくね〜……ねえ、どうだい、夕貴さんも一杯」

「そうですね、今日はパートも休みなので、まあ一杯くらいなら」

「そうこなくっちゃ！」

舅は喜々として私にもビールを注ぎ、そうやってお互いに酌み交わしているうちに、案の定、一杯どころではすまなくなってしまって……気がついたら、二人で五百ミリリットル缶を三本も空けちゃってました。

当然、私も舅もいい感じに酔いが回り、どんどんざっくばらんになっていって……いつの間にか、最初テーブルを挟んで向かい合って座っていたのが、今や隣り同士で盛り上がってしまっていました。

なんだか、どんどん理性のタガが外れていってしまうのが、自分でもわかります。舅のたくましい二の腕が、分厚い胸板が、燃えるように熱い体温を発しながら、私の体に触れてきて……否定できない加齢臭ですら、えも言われぬ芳香に感じられ、私は体の奥のほうからジンジンと痺れるような感覚を意識していました。

（ああ、このままお義父さんに抱かれたい……でも、そんなこと、許されるはずもない……だけど、ああん……）

頭の中をぐるぐるとジレンマと葛藤が渦巻きます。

するとその時、異様なまでの違和感を感じました。

それは私の体に突き刺さる、舅のたぎるような視線でした。

まちがっても義父が嫁に対して向けるものではない……それは、あからさまに男が女に向ける、剝き出しの欲望に満ちたものでした。

舅も、私と同じ想いだったのです。

もう、互いの間に言葉はいりませんでした。

舅はいきなり私の体をきつく抱きしめると、強烈な口づけをしてきました。

太くて長い舌が私の唇を割ってヌロッと這入り込んできて、巨大なナメクジのようないやらしさで私の口内を隅々まで舐め回し、舌にからみついてジュロジュロと吸い啜ってきました。

溢れ混ざり合う互いの唾液に溺れ、息苦しくなりながらも、私はどうしようもないほどの興奮を覚えていました。まだ触れられてもいないのに、勝手に乳首が痛いほどに疼き、アソコが熱く蕩けてしまっているのが自覚できました。

「ふはっ、はぁっ……んぶっ、ぬはっ……あはぁっ……」

「はぁ、はぁ、はぁ……ああ、夕貴さん、息子が初めてあんたを連れてきた時から、ずっとこうしたかった……ああ、すきだ！」

舅の意外な告白を聞き、さらに昂ぶりはうなぎ上りです。

舅はボタンがちぎれ飛ばんばかりの勢いで私のブラウスを脱がし、すごい勢いでブラも剥がし取ってしまいました。

決して大きくはないけど、形の美しさには多少の自信のある乳房が露わになり、そこに舅が鼻息を荒げながらむしゃぶりついてきました。そしてそうしながら、私の下半身も剝いていきます。

「あん、はっ、ああ……お、お義父さん……んあっ……」

あっという間に全裸にされてしまった私は、乳房の吸引と、そして肉ひだを割って入り込んできた、舅の武骨な指によって注ぎ込まれる荒々しい快感に、体をのけ反らせて感じ、喘ぎ悶えてしまいます。

「ああ、夕貴さんのオッパイ、美味しいよ……さあ、こっちのトロトロの蜜も味わわせておくれ……ンジュプ、フヌ、ンジュンジュンジュ……ッ！」

「ひあっ、ひっ、ああん、ひゃっ……あああ～～～っ！」

私は完全に蕩けきった肉壺を舅に吸われ、舐め回され……もう自分でもじっとしていられなくなり、身を起こすと舅の股間に手を伸ばしておねだりしていました。

「ああん、お義父さんのコレも、舐めさせてくださいっ……！」

「ゆ、夕貴さんっ……嬉しいよ……」

私は舅のズボンを脱がせ、意外と可愛い柄物のトランクスも剝ぎ取ると、すでにすっかりたくましく屹立している男根を咥え込み、一心不乱にしゃぶり倒しました。

「おおう、ふぅ……ああ、夕貴さん、た、たまらんっ……！」

はっきり言って、夫よりもはるかに立派なその肉棒をさんざん味わったあと、ついに私と舅は合体しました。

ダイニングキッチンの固い床の上、でも痛みなんか全然感じず、舅に覆いかぶさられた私は、そのパワフルな腰のピストンにガクガクと全身を揺さぶられ、突きまくってくる肉棒の力感に蹂躙されて……夫とのセックスなんか比べものにならないくらいのエクスタシーを感じてしまっていたのです。

そして、とうとう、

「ああ、夕貴さん、私もそろそろ……んんっ、くうっ……！」

「ああん、はぁん、あふ……お義父さん……イ、イクッ……！」

ドクドクと自分の胎内に流し込まれる舅の体液を感じながら、私は最高のオーガズムに酔いしれていました。

その後、電話で姑と和解した舅は帰っていきました。

また近いうちに必ず来るからね。

そう言った舅の言葉に期待して、一人密かにオナニーしている私なんです。

人妻手記
旦那しか知らない秘蜜にたっぷり……
夏に体験した絶頂快感

２０１９年7月２９日　初版第一刷発行

発行人　後藤明信
発行所　株式会社　竹書房
〒102-0072　東京都千代田区飯田橋2-7-3
電話　03-3264-1576（代表）
03-3234-6301（編集）
ホームページ：http://www.takeshobo.co.jp
印刷所　中央精版印刷株式会社
デザイン　株式会社　明昌堂

定価はカバーに表示してあります。
乱丁・落丁の場合は小社までお問い合わせください。
ISBN 978-4-8019-1951-8 C0193
Printed in Japan

※本書に登場する人名・地名等はすべて架空のものです。